한
접
시
의
시

한 접시의 시
나희덕의 현대시 읽기

초판 1쇄 발행 • 2012년 9월 28일
초판 10쇄 발행 • 2024년 9월 23일

지은이/나희덕
펴낸이/염종선
책임편집/유용민
펴낸곳/(주)창비
등록/1986년 8월 5일 제85호
주소/10881 경기도 파주시 회동길 184
전화/031-955-3333
팩시밀리/영업 031-955-3399 · 편집 031-955-3400
홈페이지/www.changbi.com
전자우편/ya@changbi.com

ⓒ 나희덕 2012
ISBN 978-89-364-7219-1 03810

한 접시의 시

나희덕의   현대시 강의

나희덕
지음

창비

머리말

여기 한 접시의 시가 있습니다. 이 알 듯 모를 듯한 음식을 먹는 방법은 다양합니다. 그냥 손으로 뜯어 먹을 수도 있고, 스푼으로 떠먹을 수도 있고, 포크와 나이프로 잘게 잘라 가며 먹을 수도 있겠지요. 어떤 시는 겉은 딱딱하고 안은 부드러운 빵 같아서 씹을수록 맛이 있고, 어떤 시는 따뜻한 국물 맛이 일품이어서 몸을 녹이기에 제격입니다. 어떤 시는 도무지 정체를 알 수 없다가 조금씩 그 독특한 풍미를 드러내지요. 어떤 시는 요리법을 눈여겨보았다가 비슷한 시를 직접 만들어 보도록 부추기기도 합니다.

이처럼 시를 읽는다는 것은 그 발상과 언어를 몸의 일부로 만든다는 점에서 먹는 행위에 가깝습니다. 한 편의 시를 읽거나 쓰는 일이 즐거운 식사와 같다면 얼마나 좋을까요? 하지만 시를 어렵게 생각하는 사람들이 훨씬 많습니다. 시를 배우는 학생들이나 가르치는 교사들도 시를 쉽게 이해할 수 있는 지름길을 물어 오곤 합니다. 그런데 모든 시에 적용되는 지름길이나 단일한 매뉴얼 같은 게 과연 있을까요? 저는 모든 시에는 저마다의 입구와 출구가 있고, 그것을 통과하는 방법이 조금씩 다르다고 생각하는 편입니다. 그래서 시는 지름길보다는 미로의 즐거움을 아는 이에게, 길을 잃어버림으로써 새로운 길을 발견하는 이에게 잘 어울리는 장르입니다.

제가 이 책을 쓰는 동안 고민했던 것도 시 읽기를 획일화하거나 도식화하지 않으면서 다양한 시들에 접근하는 방법을 몇 가지로 정리할 수 있는가 하는 것이었습니다. 시를 유형화하는 대신 제가 선택한 방법은 시가 씌어지는 과정과 중요한 요소들을 설명하고, 그 대표적인 사례들을 자세히 살펴보는 것입니다. 시는 어떻게 시작되는지, 누구를 통해 말하는지, 소리는 어떻게 조직되는지, 대상을 어떻게 보여 주는지, 어떻게 감추면서 드러낼 수 있는지, 시와 이야기는 어떻게 만나는지 등을 통해 시인의 내밀한 시작 과정을 좀 더 가까이에서 지켜볼 수 있도록 했습니다. 그리고 때로는 질문을 던지고 때로는 답하면서 시인과 독자 사이의 대화를 도우려고 애썼습니다.

　시의 독자로서 제가 시의 아름다움을 처음 느낀 것은 열다섯 살 무렵이었습니다. 알 수 없지만 매혹적인 시어들에 감전되어 온몸이 찌릿찌릿했던 기억이 납니다. 그렇게 살아 있는 한 편의 시를 만난 것이 서점 바닥에 종일 주저앉아 낯선 시집들을 읽게 했고, 마침내 시를 쓰게 했지요. 시인이 된 후에도 제 시나 다른 시인들의 시에 대한 성실한 독자가 되지 않고서는 제대로 된 시를 쓸 수 없다고 생각해 왔습니다. 특히 시적인 감수성이나 창작 방법이 아주 다른 시들이 일으키는 파장은 즐거운 자극이 되곤 했습니다.

　이 책에서 다루는 시들 중에는 다소 길고 어렵게 느껴지는 작품들도 있습니다. 이미 고전이 된 작품보다는 한국 시의 현장에서 생산되고 있는 근작들을 중심으로 했습니다. 시단의 다양한 스펙트럼을 보여 주고, 젊고 실험적인 목소리를 최대한 담고자 했기 때문입니다. 그 새로운 발성에 귀를 기울이다 보면 어느새 단순하고 낯익은 시들은 저절로 이해가 되는 것을 경험할 수 있을 것입니다.

　김수영 시인은 시를 논할 때도 '시를 쓰듯이' 하라고 말했지요. '무한대의 혼돈'을 단순화하지 않으면서도 시적 진실에 접근할 수 있는 길은 얼마든지 열려 있습니다. 그러니 여기 제시된 저의 개인적인 해석에 지나치게 매일 필요는 없습니다. 그보다 훨씬 독창적인 해석이나 창작을 여러분께 기대합니다. 시를 즐겁게 만나기 위한 첫 단추는 우선 시가 어렵다는 생각에서 자유로워지는 것입니다. 마치 한 송이의 포도를 한 알 한 알 따서 음미하듯이, 그 맛과 향을 즐기면 됩니다. 시와 시인에 대한 지식이 없어도 선입견을 비워 내는 것만으로 시가 들어설 자리는 충분합니다. 그렇게 한 접시의 시를 맛있게 먹고 나면 여러분은 또 다른 시를 찾아 나서게 될 것입니다.

2012년 9월
나희덕

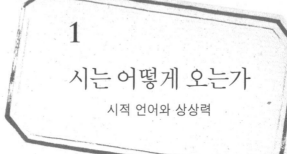

1

시는 어떻게 오는가

시적 언어와 상상력

1. 시는 어떻게 오는가
시적 언어와 상상력

셰익스피어는 그의 소네트에서 시인과 광인과 연인은 비슷한 부류라고 했습니다. 이들의 공통점은 무엇일까요? 다른 사람의 눈에는 잘 보이지 않는 어떤 존재에 사로잡혀 있다는 것이겠지요. 연인은 추녀의 얼굴에서도 아름다움을 발견하고, 광인은 눈에 보이지 않는 귀신과 대화하며, 시인은 보이지 않는 존재들에게 언어의 집을 지어 주려고 합니다. 영감이 시인에게 찾아올 때, 시인의 내면에 알 수 없는 움직임이나 이미지가 자리 잡기 시작할 때, 그 순간을 논리적인 언어로 설명하기 어려운 것도 그래서일 것입니다.

물론 시적 상상력(imagination)은 단순한 광기나 공상과는 다릅니다. 공상이 연상 작용에 의해 수많은 이미지들이 임의로 나열되거나 공존하는 상태라면, 상상력은 이미지들에 일정한 질서를 부여하고 변용할 수 있는 창조적 능력을 말합니다. 영국의 시인이자 비평가인 콜리지는 상상력을 제1상상력과 제2상상력으로 구분하고, 시라는 복합적인 통일체는 제2상상력이 지닌 종합적인 힘을 필요로 한다고 말하기도 했지요. 그런 점에서 시인은 연인이나 광인과 구별됩니다.

'시'에 대해 말하기 전에 우선 '시적인 것'이란 무엇인지를 살펴보지요. 시적인 것은 세상 만물에 깃들어 있지만 시인이 그것을 발견하기 전에는 구체적인 의미나 가치를 부여받지 못한 상태입니다. 시적인 것을 발견해서 거기에 일정한 형식과 언어를 부여했을 때 비로소 한 편의 시가 태어납니다. 만일 시적인 것을 화가가 발견해서 그림으로 그렸다면 그것은 시가 아니라 시적인 회화가 되는 것이지요. 그런 점에서 시적인 것은 시의 원천이 되기도 하지만 반드시 시의 형태로만 표현되는 것은 아닙니다. 시를 읽을 때도 완성된 시의 형태나 표현 이전에 그것을 시로 성립하게 하는 포에지(poésie)가 무엇인지 먼저 주목해야 합니다.

그렇다면, 시는 언제 어떻게 오는가. 이 문장의 주어가 '시인'이 아니라 '시'인 것은 시 또는 시적인 것 앞에서 시인은 수동적

일 수밖에 없기 때문입니다. 김춘수 시인은 시적인 상태를 '들림'이라는 말로 표현했지요. 여러분도 무엇인가에 홀리거나 들려본 경험이 있나요? 시적인 것이 찾아오는 순간이란 처음에는 뭐라고 표현하기 어려운 상태이자 영혼에서 시작된 일종의 사건입니다.

하지만 시인이 시적인 것을 발견하고 그 놀라운 광휘에 사로잡혀 있는 시간은 그리 길지 않습니다. 시인의 몸과 영혼이 감전되는 순간은 섬광처럼 지나가 버립니다. 그래서 시인에게는 시적인 순간이나 대상을 향해 자신을 열고 집중하는 능력이나 노력이 요구됩니다. 사물과 제대로 스파크를 일으키지 않고서는 그 사물이 들려주는 말을 제대로 받아 적을 수 없으니까요.

그러니까 그 나이였어…… 시가
나를 찾아왔어. 몰라, 그게 어디서 왔는지,
모르겠어, 겨울에서인지 강에서인지.
언제 어떻게 왔는지 모르겠어.
아냐, 그건 목소리가 아니었고, 말도
아니었으며, 침묵도 아니었어,
하여간 어떤 길거리에서 나를 부르더군,
밤의 가지에서,

갑자기 다른 것들로부터,

격렬한 불 속에서 불렀어,

또는 혼자 돌아오는데 말야

그렇게 얼굴 없이 있는 나를

그건 건드리더군.

—파블로 네루다 「시」 부분

　파블로 네루다의 「시」는 시가 찾아오는 미묘한 순간을 아주 섬세하게 포착해서 보여 줍니다. 목소리도 침묵도 아닌 상태, 그 시간과 공간조차 정확히 짚어 낼 수 없는 존재……. 그러나 분명한 한 가지는 알 수 없는 무언가가 '나'를 찾아왔다는 사실입니다. 시인이 그 비밀을 해독해 가는 동안 시적인 것은 조금씩 구체적인 모습을 드러내고, 마침내 시인은 우주적 기운에 휩싸여 "나 자신이 그 심연의 일부임을" 느끼게 됩니다. 시인은 자신의 의지와 지혜로 시적인 것을 데려오는 것이 아니라, 시적인 것에 귀를 기울이며 그것과 하나가 됩니다. 이렇게 시적 상상력은 시인이 얼마나 선입견과 통념을 벗어나 대상을 대상 자체로 발견할 수 있느냐에 달려 있습니다.

　상상력(imagination)의 라틴어 어원인 'imago'는 오늘날 'image'에 해당하는 말입니다. 이에 따르면, '상상력'이란 '이미지를 만들어 내는 힘'이라고 정의할 수 있겠죠. 한자로 풀어 보면 상상력 (想像力)은 '상(像)을 생각하는 힘'을 뜻하는데, 이것은 코끼리를 본 적 없는 고대인들이 죽은 코끼리 뼈를 보고 그 살아 있는 형상을 그린 데서 유래했다고 합니다. 이처럼 상상력이란 눈에 보이지 않거나 부재하는 것들에게 구체적인 형상(이미지)을 부여하고 살아 숨 쉬게 만드는 능력입니다.

테즈 휴즈의 시 「머리 속의 여우」 역시 네루다의 「시」와 마찬가지로 시가 씌어지는 과정을 실감 있게 그리고 있습니다.

차갑고 검은 눈처럼 섬세하게
한 마리 여우의 코가 잔가지와 잎을 건드린다:
두 눈이 한 움직임을 거든다, 그리하여 지금 마악
그리고 다시 한 번, 그리고 또 그리고 또

흰 눈 속에 산뜻한 자국을 찍는다
나무들 사이에서, 그리고 조심스럽게 한 절룩거리는
그림자가 그루터기 옆을 느릿느릿 지나간다 그리고
대담히도 공터로 나오고 있는 몸뚱아리의
움푹 들어간 공동(空洞) 속에서, 눈 하나가,
넓어지고, 깊어지는 초록 하나가,

휘황하게, 골똘하게
제 일을 시작하고 있다

문득 여우의, 코를 찌르는 악취와 함께
그게 머리의 어두운 구멍으로 들어올 때까지.
창에는 여전히 별이 보이지 않는다: 시계는 똑딱거리고
글은 쓰여진다.

———테드 휴즈 「머리 속의 여우」 부분

  여기서 테드 휴즈는 시상(詩想)을 '살아 있는 여우'에 비유하고 있습니다. 여우는 아주 섬세하고 의심이 많은 동물이어서, 잘못 서두르다간 놓쳐 버리기 십상이지요. 시적인 영감이란 살아 있는 동물처럼 민감하고 사라지기 쉽다는 점에서 적절한 비유라고 여겨집니다. 여우를 사로잡기 위해 시인은 오로지 침묵을 지키며 그것이 스스로 모습을 드러낼 때까지 기다립니다. "문득 여우의, 코를 찌르는 악취와 함께/그게 머리의 어두운 구멍으로 들어올 때까지" 기다리고 또 기다리는 것이지요. 이처럼 여우의 살아 있는 움직임에 온전히 사로잡히는 것이야말로 여우를 사로잡는 가장 좋은 방법입니다. 이때의 기다림이란 수동적이지만 고도의 긴장을 필요로 하는 적극적 노력이기도 합니다.

테드 휴즈는 『시작법』에서 자신이 시적인 대상에 생각을 앉히는 법을 배운 것은 어린 시절 낚시질하면서였다고 말합니다. 물결 위에서 작은 찌가 움직이는 모습을 몇 시간이고 지켜보는 일이 곧 시인으로서의 관찰력과 집중력을 길러 준 훈련이었다고 해요. 이처럼 시적 상상력은 타고난 재능보다는 시적 발견을 위해 부단히 노력하는 데서 얻어지는 것입니다.

시적 발견을 위해서는 우선 남들이 무심코 지나치는 것들을 주의 깊게 관찰하고 개성적인 방식으로 탐구하는 일이 필요합니다. 우연히 주어지는 것처럼 보이는 발견이라도 실은 그 사람이 집중해 온 관심이나 행동 방식이 낳은 필연적 결과에 가깝습니다. 시적 발견은 의식의 차원뿐 아니라 자신의 무의식과 경험 등 삶의 총체가 결집되는 순간에 이루어집니다. 같은 장소에서 같은 대상을 보고도 그것을 발견하고 해석하는 깊이와 각도가 다른 것은 관찰자의 내면이 지닌 총체적 역량과 용량이 다르기 때문이지요.

시적 발견을 위해 염두에 두어야 할 또 하나의 조건은 대상과 적절한 거리를 유지하는 일입니다. 대상에 충분히 몰입한 뒤에는 다시 대상으로부터 빠져나와 비판적 거리를 두고 바라보아야 합니다. 결국 시적 긴장감은 몰입과 거리감 사이에서 생겨나는 것이지요. 작품의 균형과 절제 역시 그런 거리 조절을 통해 얻어질 수 있습니다.

한 편의 시가 하나의 발견으로 이루어지는 것은 아니라는 것
도 생각해 볼 문제입니다. 하나의 발견은 그 이전의 다른 발견들
과 자연스럽게 결합하게 되고, 그 결합이 풍부할수록 고도의 함
축성을 지니게 됩니다.

마지막으로, 충만한 발견은 이미 그것을 표현할 언어와 형식,
리듬 등을 포함하고 있다는 것입니다. 흔히 시적인 발상은 좋은
데 그것을 표현하는 언어 능력이 부족하다고 한탄하지만, 실은
시적인 것과의 만남이 충분히 이루어지지 못해서인 경우가 많습
니다. 그러니 시를 만나기 위해서는 빈약한 발상을 언어로 다듬
느라 책상 앞에서 끙끙거릴 것이 아니라, 문밖으로 걸어 나가 세
상에 살아 숨 쉬는 것들을 만나야 합니다.

> 내 소리도 가끔은 쓸 만하지만
> 그보다 더 좋은 건
> 피는 꽃이든 죽는 사람이든
> 살아 시퍼런 소리를 듣는 거야
> 무슨 길들은 소리 듣는 거보다는
> 냅다 한번 뛰어 보는 게 나을걸
> 뛰다가 넘어져 보고

넘어져서 피가 나 보는 게 훨씬 낫지

(중략)

어디 냇물에 가서 산 고기 한 마리를

무엇보다도 살아 있는 걸

확실히 손에 쥐어 보란 말야

그나마 싱싱한 혼란이 나으니

야음을 틈타 참외 서리를 하든지

자는 새를 잡아서 손에 쥐어

팔딱이는 심장 따뜻한 체온을

손바닥에 느껴 보란 말이지

그게 세계의 깊이이니

—정현종 「시 창작 교실」 부분

　시 창작 교실에서 시인이 들려주는 비법은 바로 이것입니다. "살아 시퍼런 소리를" 듣는 것, "무엇보다도 살아 있는 걸/확실히 손에 쥐어 보"는 것이지요. 시인은 그것이 바로 "세계의 깊이"라고 말합니다. "싱싱한 혼란"만이 우리의 영혼을 부추겨 시의 광휘 속으로 걸어 들어가게 합니다.

여우는 어디로 사라졌을까

그리운 여우   안도현

이렇게 눈 많이 오시는 날 밤에는
나는 방에 누에고치처럼 동그랗게 갇혀서
희고 통통한 나의 세상 바깥에 또 다른 세상이 있을 것이라 생
각하고
그 세상에도 눈이 이렇게 많이 오실 것인데
여우 한 마리가, 말로만 듣던 그 눈도 털도 빨간 여우 한 마리가
나를 홀리려고 눈발 속을 헤치고
네 발로 어슬렁어슬렁 산골짜기를 타고 내려올 것이라 생각

하고

　그 산길에는 마을로 내려갈 때를 놓친 산수유 열매가 어쩌면

붉어져 있기도 했을 터인데

　뒤도 안 돌아보고 여우 한 마리가, 우리 집 마당에까지 와서

　부르르 몸 흔들어 깃털에 쌓인 눈을 털며

　이 집에 사람이 있나, 없나 기웃거릴 것이라 혼자 생각하고

　메주 냄새가 나는 이불을 뒤집어쓰고

　사타구니 속에 두 손을 집어넣고 쪼글쪼글해진

　그리하여 서늘하기도 한 불알을 한참을 주물러 보는 것인데

　그러면 나도 모르게 불끈 무엇이 일어서는 듯한 생기와 함께

　나는 혹시나 여우 한 마리가,

　배가 고파서 마을로 타박타박 힘없이 걸어 내려왔을지도 모른

다는 생각을 하고

　사람 소리 하나 안 나는 뒤꼍에서

　두리번두리번 먹을 것이 없나 하고 살피다가

　일찍 군불 지펴 넣은 아랫방 아궁이가에 잠시 쭈그리고 앉았

다가

　산속에 두고 온 어린것들을 생각하고는

　여우 한 마리가, 혹시라도 마른 시래기 걸린 소도 없는 외양간

뒷벽에

눈길을 주다가 코를 벌름거리며

그 코끝에는 김 나는 이슬 몇 방울이 묻어 있기도 할 것인데

아 글쎄 그 여우 한 마리가, 아는 척도 하지 않는 사람들이 야
속해서

세상을 차듯 뒷발로 땅바닥을 더러 탁탁 쳐 보기도 했을 터인데

먹을 것은 없고

눈은 지지리도 못난 삶의 머리끄덩이처럼 내리고

여우 한 마리가, 그 작은 눈을 글썽이며

그 눈 속에도 서러운 눈이 소문도 없이 내리리라 생각하고 나는

문득 몇 해 전이던가 얼음장 밑으로 빨려 들어가 사라진

동무 하나가 여우가 되어 나 보고 싶어 왔는지도 모른다는 생
각을 하고

자리를 차고 일어나 방문을 확 열어제껴 보았던 것인데

눈 내려 쌓이는 소리 같은 발자국 소리를 내며

아아, 여우는 사라지고—

여우가 사라진 뒤에도 눈은 내리고 또 내리는데

그 여우 한 마리를 생각하며

이렇게 눈 많이 오시는 날 밤에는

내 겨드랑이에도 눈발이 내려앉는지 근질근질거리기도 하고

가슴도 한없이 짠해져서 도대체가 잠을 이룰 수가 없었던 것

이다

—『그리운 여우』, 창작과비평사 1997

　안도현 시인은『연어』에서 상상력을 "보이지 않는 것을 보고
싶어 하는 눈, 그리하여 보이지 않는 것을 볼 줄 아는 눈"이라고
정의했지요. 그러면서 상상력이야말로 우리를 이 세상 끝까지
가 보게 만드는 힘이라고 말했습니다. 상상력을 "어린아이의 세
계로 회귀하려는 성숙한 자만이 들어갈 수 있는 초록빛 낙원"이
라고 한 프랑스의 철학자 폴 비릴리오의 정의도 그와 크게 다르
지 않습니다.
　시적 상상력의 다른 표현으로 꿈, 또는 몽상이라는 말을 쓰기
도 하는데요. 시적 몽상에 대해 가스통 바슐라르는『몽상의 시
학』에서 이렇게 말합니다.

　갑자기 하나의 이미지가 우리의 상상 존재 한가운데 자리
잡는다. 그것이 우리를 사로잡아 우리를 움직이지 못하게 한
다. 그것은 존재를 우리에게 쏟아 넣는다. 코기토(주체)는 세
상의 한 대상, 스스로 세상을 재현하는 대상에 의해 정복된다.
상상된 세목은 몽상가를 뚫고 들어가는 뾰족한 침이다. 그것

여우는 어디로 사라졌을까

25

은 구체적인 성찰을 자극한다. 그 존재는 이미지의 존재이며 동시에 사람을 놀라게 하는 이미지에의 동의의 존재이다.

안도현의 「그리운 여우」는 시적 몽상을 통해 다른 세계로 떠나는 즐거운 경험을 우리에게 들려주고 있습니다. '나의 세상' 바깥 어딘가에 있을 '또 다른 세상'에 대한 꿈 말입니다. 눈이 하염없이 내리는 겨울밤은 이런 몽상에 빠져들기에 아주 좋은 시간이지요.

이 시는 전체가 한 연으로 이루어져 있지만, 내용상으로는 크게 세 부분으로 나눌 수 있습니다. 1~4행이 도입부로서 시적 몽상이 시작되는 상황을 제시한다면, 5행부터는 본격적인 상상의 내용이 펼쳐집니다. 그리고 마지막 다섯 행은 상상의 세계에서 다시 현실로 돌아오는 대목입니다. 일종의 액자식 구성으로, 시인의 상상력은 현실과 상상의 경계를 넘나들며 두 세계를 자연스럽게 연결하고 있습니다.

우선, 도입부를 볼까요. 시적 화자인 '나'는 눈이 많이 내리는 겨울밤 "방에 누에고치처럼 동그랗게 갇혀서" 이런저런 생각에 빠져 있습니다. 일이나 노동을 할 때는 크고 개방적인 공간이 좋지만, 꿈을 꾸기에는 이렇게 작고 밀폐된 방이 제격이지요. 누에고치 속에 갇힌 번데기가 우화(羽化)를 꿈꾸듯, 좁은 방 속에서 시작된 상상은 아주 멀리 뻗어 나갑니다. 게다가 겨울밤 끝도 없이 내리는 눈은 우리를 세상으로부터 고립시키면서 마음의 그림을 그릴 수 있는 흰 도화지를 펼쳐 줍니다.

　시인의 몽상을 따라가다 보면 어느새 "말로만 듣던 그 눈도 털도 빨간 여우 한 마리"가 실제로 우리 눈앞에 홀연히 나타났다 사라지는 것 같은 경험을 하게 됩니다. 이처럼 잘 무르익은 몽상은 눈에 보이지 않는 어떤 존재를 현존하게 합니다. 여기서도 여우의 표정이나 작은 움직임 하나하나, 그리고 여우의 동선에 따라 바뀌는 배경까지 손에 잡힐 듯 그려지고 있지요. 산길과 거기에 남아 있는 산수유 열매, 눈 쌓인 집 마당과 메주 냄새 나는 이불, 아랫방 아궁이와 시래기가 걸린 외양간 뒷벽 등으로 시선이 이동하는 동안 여우는 점점 가까이 다가옵니다. 급기야 방 안에 있는 '나'는 바로 문밖에 와 있는 여우가 문득 몇 해 전 얼음장 밑으로 사라진 동무일지도 모른다는 생각에 방문을 확 열어젖혀 봅니다. 여우와 거의 동화된 상태에서 친밀함을 느끼고 있는 것이지요.

　그런데 바로 그 순간, 아아, 여우는 사라지고 맙니다. 이처럼 시적 몽상이란 신기루처럼 잡으려는 순간 사라져 버린답니다. 어찌 보면 허무한 일이지만, 그래도 시적 몽상을 통해 어떤 존재를 만나기 전의 '나'와 만난 후의 '나'는 전혀 다릅니다. 결말부에 "내 겨드랑이에도 눈발이 내려앉는지 근질근질거리기도 하고/가슴도 한없이 짠해져서 도대체가 잠을 이룰 수가 없었던" 것이 바로 그 변화의 증상입니다. 딱딱하게 굳어 있던 정신에 금방 싹이라도 틀 것처럼, 또는 겨드랑이에 날개라도 돋칠 것처럼 말랑말랑하고 근질거리는 정신을 갖게 된 것이죠.

　만물을 향한 사랑과 연민이 마음에 흐르기 시작하는 것도 그런 순간입니다. 만일 이 시를 읽는 동안 여우 한 마리가 상상 한가운데 자리를 잡기 시작하고 차츰 존재를 뚫고 들어오는 경험을 하였다면, 여러분의 몽상은 성공한 셈입니다.

사랑과 연민의 차이

소나기   <small>장석남</small>

남천(南天)에서
천둥소리 하늘을 깨치는가 싶더니
머위밭을 한꺼번에 훑는
무수한 초조함들
처럼
이제 어디에라도
닿을 때가 되었는데
되었는데

소나기 지나가며

외딴 어느 집 처마 밑에 품어 준

열서넛 남짓

나일론 옷 다 젖어 좁은 등허리 뼈 비쳐 나는

소년, 처연한 머리카락

서 있는 곳

그 토란잎 같은 눈빛이 가 닿는 데

그 표정 그 눈빛이 자꾸만 가는 데

그런 데에 닿을 때 되었는데,……,

천둥이 하늘을 깨쳐 보여 준 그곳들을

영혼이라고 하면 안 되나

가깝고 가까워라

그 먼 곳

이 땅에 꽉꽉

이마를 두드리다 이내

제 흔적 거두어

돌아간

오후 한때
소나기 행자(行者)들
쫓아간
내 영혼

겨울 어느 날
눈 오시는 날
다시 보리라
빈 대궁들과 함께 서서
구경꾼처럼
구경꾼처럼
눈에 담으리라

—『지금은 간신히 아무도 그립지 않을 무렵』, 문학과지성사 1995

어떤 강연에서 사랑과 연민의 차이에 대해 질문한 적이 있습니다. 청중들이 내놓은 대답들 중에서 가장 인상적인 것은 "사랑이 여명이라면, 연민은 일몰"이라는 비유였어요. 여명과 일몰은 둘 다 빛과 어둠이 교차하는 현상이지만 그 느낌은 사뭇 다르지요. 빛이 어둠을 뚫고 피어나는 것이 여명이라면, 일몰은 빛이 어둠에 묻히며 사라지는 것이니까요. 이렇게 빛과 어둠이 공존하듯이, 사랑과 연민은 타인과 하나 되는 감정을 동반합니다.

그런데 사랑보다 연민이라는 말 뒤에는 왠지 서러움이나 쓸쓸함 같은 게 한 가닥 섞여 듭니다. 그렇다고 연민을 단순히 시혜(施惠)의 마음이나 행위 정도로 생각하는 것은 아닙니다. 연민을 '두루 불쌍히 여기는 마음'이라고 할 때, 여기엔 대상뿐 아니라 자기 자신에 대한 측은지심도 들어 있습니다. 비슷한 처지에 있는 존재들과 깊이 공명하고 간절히 느끼는 마음이라고 할까요. 시인들에게는 그런 섬세한 울음통이 하나씩 있기 마련이지요.

장석남의 많은 시가 만물에 대한 눈물 글썽임에서 시작되는 것은 그가 유난히 맑고 웅숭깊은 울음통을 지니고 있기 때문입니다. 그런데 그의 시가 지닌 독특한 매력은 연민의 물기를 쉽게 누설하는 게 아니라 언어와 감각의 섬세한 조율을 통해 시적인 여운과 파동을 만들어 내는 데 있어요. "내 마음의 노동은 연못을 파는 것"(「연못을 파서」)이라고 말하는 시인은 수많은 대상 속에 "그렁그렁하게 연못을 파"고, "그 연못이 끊지 못하는/긴 여운을 듣"습니다. 시란 그 연못을 건너는 "몇 개의 영롱한 빛"인 셈이죠.

「소나기」는 멀리서 들려오는 천둥소리에 연못을 파면서 생겨난 시입니다. 여기서 소나기는 단순한 기후 현상이 아니라 하늘과 땅이 조응하면서 삶의 비밀을 드러내는 장엄한 계기가 되고 있습니다. 시인은 "천둥이 하늘을 깨쳐 보여 준 그곳들"을 마음으로 뒤따라가며 "이제 어디에라도/닿을 때가 되었는데/되었는데" 두근거리기 시작합니다.

마음의 걸음은 어느새 머위밭을 지나, 외딴 어느 집 처마 밑에 서 있는 한 소년 앞에 오래 머물러 있습니다. "나일론 옷 다 젖어 좁은 등허리 뼈 비쳐 나는/소년, 처연한 머리카락"을 애처롭게 바라보던 시선은 멀리 "그 토란잎 같은 눈빛이 가 닿는 데"까지 따라갑니다. 3연에서 "가깝고 가까워라/그 먼 곳"이라고 한 것처럼, 연민의 마음은 멀고 무관한 존재도 가까운 식솔처럼 만들어 버립니다. 소나기의 물기에 힘입어 소년은 이미 시인 안에, 시인은 소년 안에 살기 시작한 것이지요.

그럼, 소나기의 이러한 전염력은 어디서 올까요? 4연에서 소나기는 "이 땅에 꽉꽉/이마를 두드리다 이내/제 흔적 거두어/돌아간/오후 한때/소나기 행자(行者)들"로 그려지고 있습니다. 하늘 높은 곳에서 메마른 땅을 향해 오체투지(五體投地)하는 행자의 면모는 겨울날 내리는 눈에서도 발견할 수 있지요. 그래서 시인은 "눈 오시는 날/다시 보리라/빈 대궁들과 함께 서서"라고 말합니다. 제 몸을 깨뜨리며 내리는 비나 눈은 우리가 빈 대궁에 불과한 존재임을 깨닫게 합니다.

소나기를 따라가는 마음의 걸음걸이는 시적인 형식과 리듬을 조율하는 과정에서 좀 더 구체적으로 나타납니다. 특히 이미지의 전환이나 여백을 만들어 내는 데 연과 행의 구분은 매우 중요한 역할을 하지요. 연이 바뀔 때마다 시적 공간이나 시야가 점점 확장되는 것을 느낄 수 있습니다. 그런가 하면 행은 이미지의 동적인 요소를 살려 내고 완급을 조절하는 역할을 합니다. 일반적인 호흡이나 문법을 배반하면서 불규칙하게 이어지는 행갈이는 마치 소나기가 후두둑 떨어지는 모습과도 같습니다. 그리고 "남천에서", "처럼", "되었는데", "열서넛 남짓", "서 있는 곳", "그 먼 곳", "돌아간", "오후 한때", "쫓아간", "내 영혼", "구경꾼처럼" 등의 짧은 시행들은 긴장감과 속도감을 부여해 줍니다. 이처럼 시에서 행과 연은 균질하게 분할되는 논리적 의미 단위가 아니라 감정의 완급을 조절해 주고 리듬과 의미를 조화해 내는 씨줄과 날줄입니다.

이런 형식과 리듬을 낳는 근본적인 동력은 시인의 정서가 지닌 섬세한 결에서 나옵니다. 이 시에서는 연민의 감정이 더듬는 지점들에 의해 자연스럽게 행과 연이 나뉘고 있지요. 그래서인지 이 시를 읽으며 미당(未堂) 서정주의 산문 한 대목이 떠오릅니다. 장석남은 미당의 여유로운 풍모와 탁월한 언어 감각을 현대적으로 계승한 시인이라는 생각을 해 오던 터에, 시정신의 근원이 이렇게 닿아 있구나 싶어 고개를 끄덕였지요.

연민(憐愍). 그것도 시여(施興)할 수 있어 시여하는 자의 그
것이 아니라, 시여할 것도 없어 우두머니 보고만 있어야 하는
딱한 자들에 대한 공명. "네 손이 짧거던 내 손이나 길거나/내
손이 짧거던 네 손이나 길거나⋯⋯" 하는 저 옛이야기 속의 어
느 구절과 매우 닮은, 딱한 느낌만이 남을 뿐인 그런 공명의 연
민. 또 어느 경우에는 그 딱한 자들에게서 오히려 무엇 지극히
서러운 것을 받으며 아니 가질 수 없는 그런 연민. —이것은
내 시정신의 얼마 남지 않은 자산 목록 중에 아직도 그래도 남
아 있는 것 같다. 이슬비 내리는 가을날 오후. 뻔득이 니야까 뒤
에다 붙어 가는 국민학교도 못 가는 아이의 찢어진 고무신 사
이 흙탕물이 스며드는 것을 보고 뒤따라가는 때의 딱한 마음.

—서정주 「내 시정신에 마지막 남은 것들」

"아이의 찢어진 고무신 사이 흙탕물이 스며드는 것을 보고 뒤
따라가는" 미당의 마음이나 "나일론 옷 다 젖어 좁은 등허리 뼈
비쳐 나는/소년, 처연한 머리카락"에 머무는 장석남 시인의 마음
이나 소나기 아래 젖어 있기는 마찬가지입니다. 서정시의 깊은
힘은 바로 그 연민의 눈빛에서 나오는 것이지요.

사람을 찾습니다

심인 황지우

김종수 80년 5월 이후 가출
소식 두절 11월 3일 입대 영장 나왔음
귀가 요 아는 분 연락 바람 누나
829-1551

이광필 광필아 모든 것을 묻지 않겠다
돌아와서 이야기하자
어머니가 위독하시다

조순혜 21세 아버지가
기다리니 집으로 속히 돌아오라
내가 잘못했다

나는 쭈그리고 앉아
똥을 눈다

—『새들도 세상을 뜨는구나』, 문학과지성사 1983

　서정시의 문법에 익숙한 사람에게는 이 시가 당혹스럽게 여겨
질지도 모르겠습니다. 그런데 황지우 시인의 첫 시집 『새들도 세
상을 뜨는구나』에는 이보다 파격적인 형식 실험이 다양하게 이루
어지고 있습니다. 「벽 1」에는 "예비군편성및훈련기피자일제자진
신고기간"이 단 두 줄로 적혀 있을 뿐이고, 「묵념, 5분 27초」는 본
문이 아예 공란으로 되어 있지요. 세계의 날씨나 해외 단신을 그대
로 옮겨 적은 듯한 「그대의 표정 앞에」, 신문 만화나 장물(臟物) 목
록을 발췌한 「한국생명보험회사 송일환 씨의 어느 날」 등도 「심인」
과 마찬가지로 신문을 활용한 시적 콜라주라고 할 수 있습니다.
　그럼, 왜 이렇게 서정시의 전통적인 형식을 의도적으로 파괴

하고 이런 실험을 한 것일까요? 황지우 시인의 산문 「사람과 사람 사이의 신호」에서 그 단서를 발견할 수 있습니다.

매스컴은 반(反)커뮤니케이션이다. 인간의 모든 것을 부끄럼 없이 말하는, 어떻게 보면 좀 무정할 정도로 정직한 의사소통의 전형인 문학은 따라서, 진실을 알려야 할 상황을 무화(無化)시키고 있는 매스컴에 대한 강력한 항체(抗體)로서 존재한다. 문학은 근본적으로, 표현하고 싶은 것을 표현할 뿐만 아니라 표현할 수 없는 것, 표현 못 하게 하는 것을 표현하고 싶어하는 욕구와 그것에의 도전으로부터 얻어진 산물이기 때문이다. 그러면 표현할 수 없는 것을 어떻게 표현할 수 있는 것으로 만들까? 어떻게 침묵에 사다리를 놓을 수 있을까? 나는 말할 수 없음으로 양식을 파괴한다. 아니 파괴를 양식화한다.

매스컴에 대한 강력한 항체로서의 문학. 그 공격적 목표를 위해 시인은 오히려 매스컴을 적극적으로 시에 끌어들이고 있는 것이지요. 매스컴이 진실을 제대로 알리지 못하는 시대에는 금기된 것들을 재현하고 폭로하는 역할이 문학의 몫이 되곤 했으니까요. 이 시가 씌어진 1980년대 한국 사회가 바로 그런 정치적 억압과 폭력의 시대였지요. 황지우의 초기 시가 보여 주는 해체적 특성은 '표현할 수 없는 것'과 '표현 못 하게 하는 것'을 표현하기 위한 시적 전략이었던 것입니다. 파편처럼 박힌 이미지들과 진술들은 의외의 결합을 통해 한 시대의 초상화를 만들어 냅니다.

이런 시대적 상황이나 시인의 의도를 이해하고 나면 「심인」도 그리 어렵지 않게 읽어 낼 수 있습니다. 심인(尋人)은 사람을 찾는다는 뜻이지요. 인터넷이나 방송 매체가 발달해서인지 요즘은 신문에 심인 난이 별로 눈에 띄지 않지만, 예전에는 사람을 찾는 한두 줄짜리 광고가 신문 하단에 빼곡하게 들어차 있었어요. 실종자의 이름과 간단한 신상 명세, 그리고 빨리 돌아오라는 한두 문장과 연락처가 적혀 있었지요. 이따금 사진이 함께 실려 있기도 했는데, 심인 난의 얼굴들은 어쩐지 슬프고 황량해 보였어요.

김종수. 이광필. 조순혜. 이 시에도 누군가 애타게 찾고 있는 세 사람의 이름이 나오는군요. 서너 줄의 정보만으로 그 사람들의 사연을 알기는 어렵지만, 그래도 대체적인 상황은 짐작해 볼 수 있겠지요. '김종수'는 이유를 알 수 없는 실종에 가까워 보이고, '이광필'은 잘못을 저지르고 가출한 경우, '조순혜'는 가족과 싸우고 가출한 경우처럼 보입니다.

하지만 여기서 중요한 것은 1~3연에 나열된 인물들의 개별적 사연이 아닙니다. 이 시의 초점은 앞의 세 연과 마지막 4연이 결합되어 하나의 시적 상황을 만들었다는 데 있어요. "나는 쭈그리고 앉아/똥을 눈다"는 4연을 통해 화자가 화장실에 앉아 용변을 보면서 신문을 읽고 있는 상황임을 알 수 있고, 1~3연은 그 신문의 일부를 우연히 발췌해 놓은 것이겠지요. 이처럼 어떤 극적 상황을 제시하는 것만으로도 시가 될 수 있습니다.

그러고 보니 우연히 던져진 듯한 익명의 심인 난에서 어떤 정치적인 암시 같은 게 감지되지 않나요? "김종수 80년 5월 이후 가출"이라는 구절은 은연중에 1980년 광주를 떠올리게 하면서, 다른 두 사람의 '개인적 가출'과는 다른 '역사적 실종'을 환기시킵니다. 이에 따라 4연의 의미도 자연히 확장됩니다. 그러면서 시대의 폭력 앞에 무력하게 놓여 있는 한 개인의 내면을 극적으로 드러냅니다. 얼핏 평화로워 보이는 일상의 이면에 깃든 공포와 불안을 부조리극처럼 보여 주고 있지요.

부조리극은 뚜렷한 줄거리도 없이 반사적인 행동이나 소통 불가능한 대사를 나열함으로써 무의미한 세계와 부조리한 인간 존재를 과장해서 보여 줍니다. 하지만 부조리극은 그 과정을 통해 관객들로 하여금 현실의 모순과 고통을 직시하도록 만들지요. 황지우의 해체적인 경향의 시들도 마찬가집니다. 형식을 무작정 파괴하는 게 아니라 해체와 재구성을 통해 현실을 드러내고 풍자하는 것, 그 실험을 시인은 "파괴를 양식화"한다고 표현했던 것이지요.

'쓴다'와 '클릭한다' 사이에서

나는 클릭한다 고로 나는 존재한다 이원

잉크 냄새가 밴 조간신문을 펼치는 대신 새벽에
무향의 인터넷을 가볍게 따닥 클릭한다
신문 지면을 인쇄한 모습 그대로
보여 주는 PDF 서비스를 클릭한다
코스닥 이젠 날개가 없다
단기 외채 총 500억 달러
클릭을 할 때마다 신문이 한 면씩 넘어간다
나는 세계를 연속 클릭한다

클릭 한 번에 한 세계가 무너지고

한 세계가 일어선다

해가 떠오른다 해에도 칩이 내장되어 있다

미세 전극이 흐르는 유리관을 팔의 신경 조직에 이식

몸에서 나오는 무선 신호를 컴퓨터가 받는다는

12면 기사를 들여다보다

인류 최초의 로봇 인간을 꿈꾼다는 케빈 워윅의

웹 사이트를 클릭한다 나는 28412번째 방문객이다

나도 삽입하고 싶은 유전자가 있다

마우스를 둥글게 감싼 오른손의 검지로 메일을

클릭한다 지난밤에도 메일은 도착해 있다

캐나다 토론토의 k가 보낸 첨부 파일을 클릭한다

붉은 장미들이 이슬을 꽃잎에 대롱대롱 매달고

흰 울타리 안에서 피어난다

k가 보낸 꽃은 시들지 않았다

곧바로 나는 인터넷 무료 전화 dialpad를 클릭한다

k의 전화번호를 클릭한다

나는 6589 마일리지 너머로 연결되고 있다

나도 누가 세팅해 놓은 프로그램인지 모른다

오른손으로 미끄러운 마우스를 감싸 쥐고 나는

문학을 클릭한다 잡지를 클릭한다

문학 웹진 노블 4호를 클릭한다

사막이 아름다운 것은 그것이 어딘가에 샘을

감추고 있기 때문이라고 표지의 어린 왕자는

자꾸자꾸 풍경을 바꾼다 창을 조금 더 열고

인터넷 서점 알라딘을 클릭한다 신간 목록을 들여다보다

가격이 20% 할인된 폴 오스터의

우연의 음악과 15% 할인된 가격에

르네 지라르의 폭력과 성스러움을 주문 클릭한다

창밖 야채 트럭에서 쿵쿵거리는

세상사 모두가 네 박자 쿵착 쿵착 쿵차자 쿵착

나는 뽕짝 네 박자를 껴입고 트럭이 가는

길을 무심코 보다가 지도를 클릭한다

서울에서 출발하는 길 하나를 따라가니 화엄사에

도착한다 대웅전 앞에 늘어선 동백 안에서

목탁 소리가 퍼져 나온다 합장을 하며

지리산 콘도의 60% 할인 쿠폰을 한 매 클릭한다

프린터 아래의 내 무릎 위로

쿠폰이 동백 꽃잎처럼 뚝 떨어진다 나는

동백 꽃잎을 단 나를 클릭한다

검색어 나에 대한 검색 결과로

0개의 카테고리와

177개의 사이트가 나타난다

나는 그러나 어디에 있는가

나는 나를 찾아 차례대로 클릭한다

광기 영화 인도 그리고 **나**……**나**누고

……**나**오는 …**나**홀로 소송……**또나**(주)…

나누고 싶은 이야기……지구와 **나**………

따닥 따닥 쌍봉낙타의 발굽 소리가 들린다

오아시스가 가까이 있다

계속해서 나는 클릭한다 고로 나는 존재한다

— 『야후!의 강물에 천 개의 달이 뜬다』, 문학과지성사 2001

"나의 사유는 16비트 컴퓨터의 스위치를 올리는 순간부터 작동된다." 하재봉 시인의 이 선언처럼 컴퓨터는 시인들의 시 쓰기에 적지 않은 영향을 미쳐 왔습니다. 1990년대 초반 보급되기 시작한 16비트 컴퓨터는 오늘날 그 용량과 속도가 어마어마하게 달라졌지요. 물론 새로운 매체 환경 속에서도 전통적인 방식으로 원고지와 펜을 고수하는 시인들이 있기는 합니다. 하지만

1990년대 이후의 시인들에게 컴퓨터의 출현은 '쓴다'는 행위를 재정의하게 만들었고 새로운 매체적 상상력을 가능케 해 주었습니다.

컴퓨터는 우선 시를 쓰는 속도와 방법, 편집 등에 변화를 가져왔지요. 손으로 쓸 때보다 작업 속도가 빨라졌고, 자유로운 수정과 편집이 가능해졌습니다. 커서가 모니터 속에서 깜박거릴 때 시인은 무언가 치지(쓰지) 않으면 안 된다는 강박감에 사로잡히게 됩니다. 즉흥적 발상이나 가상적 이미지에 기대어 시를 쓰게 되는 경우도 늘어났지요. 그래서인지 예전에 비해 시의 길이가 길어지고 산문적인 호흡이 두드러지는 현상을 볼 수 있습니다. 시를 쓰게 하는 원천도 달라져서 개인적인 경험과 기억뿐 아니라 인터넷을 통해 얻은 정보의 비중이 높아졌습니다.

이원 시인은 초기부터 사이보그적 상상력을 통해 독특한 개성을 확보해 왔습니다. 이 시가 들어 있는 시집 『야후!의 강물에 천 개의 달이 뜬다』에는 「사이보그」 1~5 연작을 비롯해서 「전자 사막에서 살아남기 위해」, 「나는 신경망을 심는다」, 「콘센트에 관한 명상」, 「서부극, 냉장고, 플러그」, 「모니터, 캔산소, 거울」, 「인체를 위한 접속 코드 1」 등 제목만 보아도 그 상상력의 연원을 한눈에 알 수 있는 시들이 적지 않습니다.

"내 몸의 사방에 플러그가/빠져나와 있다"(「거리에서」)는 구절에서 볼 수 있듯이, '플러그'는 기계화된 몸에서 일종의 '탯줄' 역할을 합니다. 이처럼 인간적 교감보다 인공적 접촉에 기반을 둔 상상력은 때로 비현실적이고 그로테스크한 이미지들을 낳기도 하지요. 하지만 오늘날 전화, 텔레비전, 컴퓨터 등 생활 깊숙이 자리 잡고 있는 전자 매체의 영향력을 떠올려 보면 이런 인공적 신체 이미지가 오히려 현실에 가깝다는 생각이 듭니다.

「나는 클릭한다 고로 나는 존재한다」에서 컴퓨터는 시인의 일상과 글쓰기가 이루어지는 중요한 공간이자 매개로 등장합니다. 데카르트의 명제를 가볍게 뒤집은 제목부터가 가상 공간과 접속하는 새로운 주체의 출현을 알리고 있지요. "잉크 냄새가 밴 조간신문"을 손으로 펼치는 대신 "무향의 인터넷"을 클릭하는 것으로 세계와 접속하는 주체. 그가 클릭할 때마다 한 세계가 무너지고 또 다른 세계가 눈앞에 펼쳐집니다. 모니터의 화면이 바뀔 때마다 들리는 '따닥 따닥'은 마치 전자 사막을 건너가는 쌍봉낙타의 발굽 소리처럼 들립니다. 시인이 행간에 감추어 둔 구절처럼 "사막이 아름다운 것은 그것이 어딘가에 샘을/감추고 있기 때문"이라거나 "오아시스가 가까이 있다"는 전언에 힘입어 쌍봉낙타의 발걸음은 계속됩니다.

이제 현실과 가상, 기계와 육체, 자아와 타자 사이의 경계는 더이상 뚜렷하지 않습니다. 수시로 경계를 넘나들며 출현과 소멸을 반복하는, 그 자유로움과 덧없음이야말로 인터넷이라는 '향기 없는 세계'의 매력이지요. 마치 캐나다에서 k가 보낸 메일에 첨부된 사진 속의 붉은 장미들이 영원히 시들지 않는 것처럼 말입니다. 모니터 앞에 앉아 있던 화자는 창밖에 야채 트럭이 쿵쿵거리며 지나가는 소리를 들으며 모니터 속의 지도를 클릭합니다. 인터넷 지도 속의 길은 화엄사 대웅전 앞의 동백으로, 동백꽃잎처럼 무릎 위로 떨어지는 지리산 콘도의 할인 쿠폰으로, 동백 꽃잎을 단 '나'로 무심히 연결됩니다. 이렇게 모니터 안과 밖의 세계는 자주 뒤섞이거나 혼동됩니다.

인터넷의 이러한 유동성과 가상성은 결국 인간의 감각과 정체성에 대해 질문을 던지게 하지요. 시인은 "불빛이 빽빽한 이 전자 사막의 미로를"(시집 뒤표지 글) 통과하면서 "나는 그러나 어디에 있는가" 되묻습니다. 하지만 모니터 속에서 '주체'를 재구성하려는 시도는 번번이 미끄러지고 맙니다. "나는 나를 찾아 차례대로 클릭"하지만 검색되는 단어들 속에 흩어져 있는 기호로서의 '나'는 진정한 실체가 되지 못합니다. "나도 삽입하고 싶은 유전자가 있다"는 능동적 의지와 "나도 누가 세팅해 놓은 프로그램인지 모른다"는 불안감이 공존합니다. 이러한 양가적 태도는 시인이 새로운 매체에 대해 일방적으로 몰입하기보다는 비판적 거리를 견지하고 있음을 말해 줍니다.

진공 포장되어 장기 보존되고 있는 것이
나일 수도 있다
오래전 저장된 게임이
나일 수도 있다
그러나 나는 정보가 아니어서 의자에 엉덩이를
놓고 허리를 의자의 등받이에 바싹 붙인다
내 몸이 닿아 있는
세계에서는 여전히 땀 냄새가 난다
　　　　　──「나는 검색 사이트 안에 있지 않고 모니터 앞에 있다」 부분

'나'를 찾아 전자 사막을 헤매고 다니다가 결국 돌아온 곳은
"내 몸이 닿아 있는 세계", 곧 모니터 밖의 '땀 냄새 나는 세계'입
니다. "나는 정보가 아니"라 의자에 몸을 붙이고 앉아 있는 존재
라는 사실을 확인하는 순간, 시인은 "나는 검색 사이트 안에 있
지 않고 모니터 앞에 있다"고 말할 수 있게 된 것이죠. '쓴다'와
'클릭한다' 사이에서, 또는 가상 공간과 현실 공간 사이에서 시
인은 그렇게 앉아 있습니다.

2

누구를 통해 말하는가

화자와 퍼소나

2. 누구를 통해 말하는가

화자와 퍼소나

서정시는 주관적이고 고백적인 장르이기 때문에 시적 화자는
흔히 시인과 동일시되곤 합니다. 그러나 시 속의 '나'는 시인 자
신이 아니라 작품 속에서 재창조된 '나'입니다. 시인의 생각을
대변해 주거나 시적 대상을 효과적으로 전달하기 위해 새롭게
창조해 낸 목소리인 것이지요.

시적 화자와 비슷한 개념으로 퍼소나, 시적 자아, 서정적 자아,
서술자, 시적 주체, 서정적 주체 등이 있는데, 그 맥락과 의미가
조금씩 다릅니다. 최근에는 한 편의 시에 여러 화자가 공존하거
나 화자의 정체가 불분명한 시들도 적지 않습니다. 그래서 시 속

의 다양한 목소리를 포괄하는 새로운 개념으로 '화자' 대신 '주체'라는 말을 쓰기도 합니다.

화자는 일반적으로 '퍼소나(persona)'라고 부르는데, 이 말은 연극에서 배우의 가면을 의미하는 '퍼소난도(personando)'에서 유래했지요. 배우가 가면을 통해 극적인 개성을 부각하듯이 시에서도 어떤 화자를 내세우느냐에 따라 시의 분위기와 방향이 결정됩니다. 시인과 거리가 먼 퍼소나를 창조할수록 그 시의 연극적이고 가공적인 성격은 강해지지요. 또한 화자의 성격에 따라 시점의 선택, 서술어의 시제, 사용하는 어휘, 어조와 톤 등도 전반적으로 달라집니다.

따라서 시를 읽을 때 시적 화자가 누구이며 어떤 상황에 놓여 있는지를 가장 먼저 살펴야 합니다. 소설가가 인물에 대해 탐구하듯이, 시를 쓸 때도 자신이 설정한 화자의 개성을 충분히 가다듬어야 하고, 시 전체가 그 인물의 시점에서 발화되고 있음을 잊지 말아야 합니다. 이처럼 시의 화자를 독립된 퍼소나로 이해한다는 것은 시가 일정한 예술적 형식을 통해 완성된 '허구'라는 전제를 받아들이는 것을 의미합니다.

시가 화자를 중심으로 구조화된 담화(언술)라고 할 때, 화자가 있으면 당연히 그 말을 듣는 청자도 있겠지요. 물론 모든 시에 화자와 청자가 뚜렷하게 드러나 있는 것은 아닙니다. 화자와 청자가 모두 드러나 있는 경우, 화자와 청자가 모두 드러나 있지 않은 경우, 화자만 드러나 있는 경우, 청자만 드러나 있는 경우 등이 가능하겠지요. 그러나 화자와 청자가 뚜렷하게 드러나지 않은 경우에도 시인 뒤에는 함축적(내포적) 시인이, 독자 뒤에는 함축적(내포적) 독자가 각각 존재하고 있습니다. 한 편의 시를 쓰고 읽는 일이란 다음과 같이 시인과 독자가 세 겹의 목소리를 주고받는 과정이라고 할 수 있습니다.

시인→〔함축적 시인→(현상적 화자→현상적 청자)→함축적 독자〕→독자

여기서 ( ) 안의 현상적 화자와 현상적 청자는 텍스트 문면에 나타나 있는 화자와 청자를 말합니다. 시적 상황이 단순하고 인물의 성격이 분명할수록 현상적 화자와 현상적 청자를 파악하기가 비교적 수월하겠지요. 하지만 화자와 청자가 복합적이고 모호한 경우에는 그 함축적(내포적) 시인에 대해 좀 더 숙고할 필요가 있습니다. 함축적 시인은 실제 시인과 거의 차이가 없는 경우부터 상당히 상반되거나 위악적인 경우까지 다양합니다.

그럼, 실제 시인과 가장 가까운 화자가 등장하는 시부터 살펴

볼까요. 다음은 함민복의 「긍정적인 밥」인데, 시인의 입장에서 서술하고 있으니 시인과 화자의 거리가 아주 가깝다고 할 수 있습니다.

시 한 편에 삼만 원이면
너무 박하다 싶다가도
쌀이 두 말인데 생각하면
금방 마음이 따뜻한 밥이 되네

시집 한 권에 삼천 원이면
든 공에 비해 헐하다 싶다가도
국밥이 한 그릇인데
내 시집이 국밥 한 그릇만큼
사람들 가슴을 따뜻하게 데워 줄 수 있을까
생각하면 아직 멀기만 하네

시집이 한 권 팔리면
내게 삼백 원이 돌아온다
박리다 싶다가도
굵은 소금이 한 됫박인데 생각하면

푸른 바다처럼 상할 마음 하나 없네

— 함민복 「긍정적인 밥」 전문

　시인은 시가 지닌 경제적 가치와 정신적 가치를 비교적 쉽고 진솔하게 풀어 가고 있는데요. 1연에서 시 한 편에 삼만 원이라는 상품 가치는 쌀 두 말에 해당하지만 '따뜻한 밥'을 환기함으로써 새로운 교환 가치로 전환됩니다. 2연에서는 시집 한 권에 삼천 원이라는 상품 가치가 '국밥 한 그릇'으로, 3연에서는 시집 한 권의 인세인 삼백 원의 가치가 '굵은 소금 한 됫박'으로 각각 전환됩니다. 박하고 헐한 대가에도 불구하고 시인들이 시를 계속 쓸 수 있는 동력은 바로 시가 따뜻한 밥과 국밥, 소금처럼 세상을 따뜻하게 만들어 주고 썩지 않게 만드는 역할을 한다는 믿음 때문이지요. 이런 낙관적인 태도는 「긍정적인 밥」이라는 제목뿐 아니라 각 연의 마지막에 반복되는 '-네'라는 어미에서도 느낄 수 있습니다.

　이번에는 시적 대상이 되는 인물을 직접 화자로 등장시켜 개성적 화법을 보여 주는 경우를 살펴보겠습니다. 시인이 인물에 대해 설명하기보다는 인물로 하여금 스스로 말하게 함으로써 현장감이나 실감을 높이는 방법이지요. 제3의 화자를 내세울 경우, 특히 고전이나 신화, 다른 문학 작품 등을 통해 잘 알려진 인물일 경우, 독자는 화자의 목소리를 쉽게 연상할 수 있을 것입니다. 이런 설정은 부연 설명 없이도 시적 상황을 전달할 수 있고 원텍스트에 대한 새로운 해석이나 변형을 보여 줄 수 있습니다.

안녕히 계세요
도련님

지난 오월 단오ㅅ날, 처음 만나든 날
우리 둘이서 그늘 밑에 서 있든
그 무성하고 푸르든 나무같이
늘 안녕히 안녕히 계세요
　　　　　　—서정주 「춘향 유문(春香遺文)—춘향의 말 3」 부분

그런데 나는 갇혀 있어요 옥 속이에요
버드나무 천사만사(千絲萬絲)로 늘어진
푸른 가지 사이에서 우는 황금조(黃金鳥)는
내 마음 설레는 이랑 눈부신 이랑 이랑
누비면서 날으는 새
그런데 나는 지금 옥에 갇혀 있어요
나는 사랑하고 있어요

그런데 나는 지금 갇혀 있어요 옥 속이에요

그런데 오 나는 사랑하고 있어요

— 전봉건 「춘향 연가(春香戀歌)」 부분

이 두 편의 시는 모두 춘향을 시적 화자로 삼고 있지만, 사랑에 관한 주제 의식이나 정서적 톤은 각기 다릅니다. 서정주의 「춘향 유문」이 도련님을 청자로 하면서 두 사람의 운명적 만남과 사랑의 영원성을 피력하고 있다면, 전봉건의 「춘향 연가」는 뚜렷한 청자 없이 감옥에 갇혀 있는 춘향의 독백으로 사랑을 이룰 수 없는 비극성이 더 두드러집니다. 이처럼 같은 화자라 하더라도 구체적인 시적 상황에 따라 메시지나 분위기는 아주 달라질 수 있습니다. 하지만『춘향전』의 내용을 알고 있는 독자라면 두 시 모두 어렵지 않게 춘향에게 감정 이입해서 읽을 수 있을 것입니다.

마지막으로, 익명의 인물이나 가상의 인물을 화자로 삼는 경우를 살펴볼까요. 이 경우는 인물에 대한 좀 더 자세한 정보나 설명이 필요하겠지요. 다음은 최두석의 「한장수」로, 쿠니 사격장에서 아내를 잃고 그곳에서 경비원으로 일하며 살아가는 한 남자를 시적 화자로 내세우고 있습니다. 시인은 그 인물의 기본적인 상황을 제목 다음에 제시함으로써 독자의 이해를 돕고 있습니다.

한장수

―고온리 앞바다 감배바위에 붙은 굴을 따다가 등줄기에 폭탄을
맞아 죽은 아낙이 있었다. 그 여자의 남편 한장수 씨는 그 대가로 쿠
니 사격장 경비원으로 취직하여 이제까지 그 일을 하고 있다.

가만있자, 그게 벌써 이십오 년 되얐구만. 그 일만 생각허면
지금도 오싹해. 사격장에서 염해 갖구 밤중에 공동묘지에 묻
었어. 에미가 죽으니께시리 뱃속에 있는 거는 말할 거이 읎구
두 살백이 기집애두 따러 죽잖우. 나, 당최 정신읎었어. 걔 죽
는지두 몰르구 술 먹었으니…… 경비 스다 집에 오면 사는 거
이 너무 구차스러. 진절머리 넌덜머리가 나. 그러니께 술 먹고
뻗어. 아흠에 정신 나면 새끼들 낯바닥이 뵈여. 그 낯바닥 보고
또 출근을 허는겨. 그냥저냥 숫제 속아 살았어. 요 동네 참새는
아마 귀먹었을겨. 폭격이 요란해두 용감허니 날러댕겨. 먹고
사는 게 뭔지 참 아심아심해. 시방은 속 삭어서 그렇지. 독약두
약이래니 세월이 약이 안 되겠나. 다른 건 다 쇡여도 팔자는 못
쇡이더라구, 인저 팔자 탓이거니 생각허구 견뎌.

마치 다큐멘터리의 한 대목을 보는 것처럼, 한장수라는 인물

이 눈앞에서 말하고 있는 듯합니다. 이십오 년 전 아내와 뱃속의 아기가 미군 부대의 폭탄에 희생당하고, 남은 세월을 그곳의 경비원으로 일할 수밖에 없는 인물. 그 인물의 삶은 한국사의 어두운 단면을 잘 보여 주고 있습니다. 그러나 시적 화자는 그에 대해 목소리 높여 울분을 토로하거나 논리적으로 비판하지 않습니다. 구어체의 충청도 사투리와 거기에 어려 있는 체념적인 태도는 그야말로 역사의 희생자인 민중의 이미지에 가까워 보입니다. 하지만 바로 그 점 때문에 이 시는 지식인의 비판적인 진술보다 더 리얼하게 시대의 아픈 단면을 환기해 줍니다.

받아쓰십시오, 시인 선생님

철강 노동자 장정일

받아쓰십시오. 분위기 있는
조명 아래 끙끙거리며
좋은 시를 못 써 안달이 나신
시인 선생님.

나의 직업은 철강 노동자
계속 받아쓰십시오. 내 이름은
철강 노동자. 뜨거운 태양 아래
납덩이보다 무거운 땀방울을

홀리는 철강 노동자

당신은 생각의 냄비 속에
단어와 상상력을 넣고 끓인다지요
눈물방울은 넣었나요 그리고
달콤한 향료는?
망설이지 말고 당신 이모님과의
사랑 이야기도 살짝 섞으십시오.

여보세요 시인 선생
나는 냄비에 시를 끓이지는 않는다오.
적어도 내가 시를 쓸 때는
거대한 용광로에 끓이지요
은유와 재치 따윈 필요도 없다오.

내가 좋은 쇠를 만들 때 필요한 것은
한 동이의 땀과
울퉁불퉁한 근육. 그것만 있으면
곡마단의 사자처럼 쉽게
온갖 쇠를 다룰 수 있지요.

조금 더 받아쓰십시오.
내가 얼마나 쓸모 있는 시를 쓰는지
지금 끓이는 한 덩어리의 주석이
바로 당신이 받을
원고료 한 닢!

자 그러면 내 이야기를 써
주시겠오 시인 선생?
써 주신다면 나도 가만있을 사람은
아니라오. 그 대가로
영원히 닳지 않을 펜촉을 만들어 드리지요.
그 일은 아무 풋나기나 할 수 없는
무척 어려운 일이랍니다.

—『햄버거에 대한 명상』, 민음사 1987

　　장정일의「철강 노동자」는 시인이 쓴 것이지만, 철강 노동자를
화자로 내세우고 시인을 청자로 삼고 있습니다. 그로 인해 시인
을 화자로 할 때보다 한결 새로운 시각과 어법을 얻게 되었는데

요. 육체노동을 하는 철강 노동자와 정신노동을 하는 시인의 대비는 우선 눈에 띄는 단어군(群)만으로도 쉽게 확인할 수 있습니다.

철강 노동자의 노동을 나타내는 시어들이 "뜨거운 태양 아래", "무거운 땀방울", "거대한 용광로", "울퉁불퉁한 근육", "한 덩어리의 주석" 등이라면, 시인의 시작(詩作) 행위를 나타내는 시어들은 "분위기 있는 조명 아래", "생각의 남비", "단어와 상상력", "눈물방울", "원고료 한 닢" 등입니다. 이 단어들의 대비에서 나타나듯이, 철강 노동자의 눈에 비친 시와 시인의 존재 가치는 상대적으로 왜소해 보입니다. 시인은 오히려 다른 계층의 입을 빌려 신랄한 자기 풍자를 들려주고 있는 셈이지요.

그런데 시인의 이런 의도가 처음부터 노골적으로 드러나는 것은 아닙니다. 첫 연에서 화자인 철강 노동자는 "받아쓰십시오. (중략) 시인 선생님."이라고 하면서 제법 정중하게 말을 건넵니다. 그러다가 4연에 오면 "여보세요 시인 선생"이라고 은근히 낮추어 부르고 종결어미도 '합쇼'체에서 '하오'체로 슬쩍 바꿉니다. 급기야 마지막 연의 "자 그러면 내 이야기를 써/주시겠오 시인 선생?"에서는 '써'와 '주시겠오'를 행갈이해서 반말투로 읽혀지도록 독자를 유도합니다. 여기에 이르면 화자와 청자의 관계가 완전히 역전된 느낌이 듭니다.

이처럼 시의 어조는 핵심적인 시어들 못지않게 화자의 태도를 민감하게 반영합니다. 영국의 비평가 아이버 리처즈가 '어조'를 의도나 감정 못지않게 중요한 시적 의미의 하나로 보았던 것도 그런 이유에서입니다. 여기서도 어조를 통해 화자의 태도 변화를 읽을 수 있는데요. 철강 노동자는 밖으로는 시인에게 존경심과 예의를 표하는 것처럼 보이지만, 실제로는 풍자와 조롱의 시선을 보내고 있습니다. 시인과 대척점에 있는 화자를 설정하고 아이러니적 어조를 활용해서 '시란 아름답고 고상한 것'이라는 통념을 유쾌하게 깨뜨려 주고 있는 것이지요.

시인에 대한 풍자적이고 불경한 태도는 시집 『햄버거에 대한 명상』 곳곳에 나타나고 있습니다.

시로 덮인 한 권의 책
아무런 쓸모 없는, 주식 시세나
운동 경기에 대하여, 한 줄의 주말 방송 프로도
소개되지 않은 이따위 엉터리의.
또는, 너무 뻣뻣하여 화장지로조차
쓸 수 없는 재생 불능의 종이 뭉치.
무엇보다도, 전혀 달콤하지 않은 그 점이
내 마음에 들지 않는다.

—「시집」 부분

그런데 내 내가 누 누구냐구요?
아아 무 묻지 마쉽쉬요.
으 은 유 와 푸 풍자를 내뱉으며
처 처 천 년을 장슈한 나 나 나는
쉬 쉬 쉬 쉬인입니다요.

—「쉬인」 부분

「시집」이라는 시에서 "애매모호한 경전"인 시는 어떤 유용성
도 갖지 못한 채 서가에서 먼지나 뒤집어쓰고 있는 존재로 그려
지고 있습니다. "아무런 쓸모 없는", "이따위 엉터리의", "재생 불
능의", "전혀 달콤하지 않은" 등의 관형어들을 보세요. 시인 입장
에서 너무 가혹한 표현이 아닐까 싶지만, 난해한 시를 붙잡고 끙
끙거리는 독자 입장에서는 실감 나는 얘기일 수도 있지요. 이런
풍자적인 비판을 통해 시인은 현대 문명 속에서 시란 과연 무엇
이고 무엇을 할 수 있는지 되묻고 있습니다.

또한 「쉬인」에서 시인은 조물주에 의해 잘못 창조된 존재로서
"제멋되로 펜대를 운전하는 거지 같은 자쉭들"로 명명되기도 합
니다. 그 우스꽝스러운 면모는 과장된 발음과 어조를 지닌 시인
이 화자로 등장해 스스로의 실체를 폭로하는 데서 더욱 극적으

로 드러납니다. 이 두 편뿐 아니라 장정일의 시들은 서사적인 소재나 극적인 형식을 과감하게 도입하고, 세계에 대한 부정적 인식을 극단으로 밀고 나가는 경우가 많습니다.

이미 쉰내가 날 지경인 '쉬인', 시에 대한 이러한 애증 때문인지 장정일 시인은 『길안에서의 택시 잡기』를 낸 이후 소설로 전업을 하였고, 희곡과 시나리오, 에세이 등 다양한 장르를 넘나들며 글쓰기를 계속해 오고 있습니다. 이러한 행보는 그의 시에 대한 태도나 인식에서 어느 정도 예견된 것이기도 하지요. 하지만 1980년대 후반 장정일의 출현은 서정시의 낡은 타성을 깨뜨리는 신호탄이 되었고, 지금까지도 그의 시는 한국 시의 젊은 정신 중 하나로 남아 있습니다.

거미의 말

거미의 생에 가 보았는가 고형렬

천신만고 끝에 우리 네 식구는 문지방을 넘었다
아버지를 잃은 우리는 어떤 방에 들어갔다
아뜩했다 흐린 백열등 하나 천장 가운데 달랑 걸려 있어

밖에서 들어오는 바람에 간혹 줄이 흔들렸다

우리는 등을 쳐다보면서 삿자리를 건너가고 있었다
건너편에 뜯어진 벽지의 황토가 보였다 우리는 그리로

건너가고 윙 추억 같은 풍음이 들려왔다
귓속의 머리카락 같은 대롱에서 바람이 슬픈 소리를 냈다

모든 것은 이렇게 소리를 내며 지나갔다

인간들에게 어떤 시절이 지나가고 있는지는 모르겠지만
그 방에 늙은 학생같이 생긴 한 남자가
검은 책을 보고 있었다 우리는 그 남자의 바로
책 표지 밑을 지나가고 있었다

머리를 뒤로 넘긴 것 같은 조금 수척한 남자가 멈칫했다
앞에 가던 형아가 보였던 모양이다 남자는
형아를 쓸어서 밖으로 버리고 다시 책을 보기 시작했다
모친은 그 앞을 가로질러 나아갔다 아들이
사라진 지점에서 어미는 두리번거리고 서 있었다

그때 남자가 모친을 쓸어 받아 문을 열고 한데로 버렸다
먼지처럼 날아갔다 남자는
뒤따라가는 아우에게 얇은 종이를 갖다 대는 참이었다
마치 입에 물라는 듯이

아우는 종이 위로 올라섰다 순간 남자는
문을 열고 아우를 밖으로 내다 버렸다

나는 뒤에서 앙 하고 소리치며 울었다 그 울음이
들릴 리가 만무했지만
그때 남자가 무언가 골똘한 생각에 빠진 것 같았다

혈육들은 그 후 어떻게 됐는지 알 길이 없다
바람 소리만 그날 밤새도록 어디론가 불어 갔다 어둠 속
삿자리 밑에서 나는 그를 가만히 쳐다보았다
알 수 없는 생각이 스쳐 지나갔다 스쳐 지나가는 생각이
슬프다는 생각조차 없었다

이것이 우리 가족의 긴 미래사였다
남자는 단지 거미를 죽이지 않고 내다 버렸지만
그날 밤 나는 찢어진 벽지 속 황토 흙 속으로 들어갔다
                              ─『나는 에르덴조 사원에 없다』, 창비 2010

한국 현대 시에서 거미를 노래한 명편이 몇 있습니다. 백석의

「수라(修羅)」, 김수영의 「거미」에 이어서 저는 고형렬의 「거미의 생에 가 보았는가」를 여기에 포함시키고 싶습니다. 김수영의 「거미」가 시인의 "으스러진 설움"을 "가을 바람에 늙어 가는 거미"에 비유했다면, 백석의 「수라」는 거미 일가에 관한 이야기를 통해 인간과 거미, 거미와 거미의 관계에 대해 말하고 있지요. 그러나 두 편 모두 인간의 시각과 감정을 중심으로 거미를 바라본다는 점에서는 마찬가지입니다.

그에 비해 고형렬의 「거미의 생에 가 보았는가」는 인간의 손에 아무렇지도 않게 쓸려 나가는 거미를 거미의 관점에서 노래하고 있습니다. '거미에 빗대어' 노래하거나 '거미에 대해' 노래하는 것이 아니라 '거미의 말'로 거미의 운명을 노래하고 있는 것이지요. 그럼으로써 거미는 수동적인 시적 대상이 아니라 스스로 말하고 생각하는 시적 주체가 됩니다.

백석의 「수라」를 읽은 독자라면, 두 편의 시가 밀접한 상호 텍스트성을 지니고 있다는 것을 알아차릴 수 있었을 것입니다. 이 시에 등장하는 "늙은 학생같이 생긴 한 남자"나 "머리를 뒤로 넘긴 것 같은 조금 수척한 남자"에서 우리는 시인 백석의 이미지를 떠올리게 되지요.

백석의 「수라」에서 시적 화자는 차디찬 밤 방바닥에 내린 새끼거미를 아무 생각 없이 문밖으로 쓸어 버립니다. 그리고 뒤이어

나타난 어미 거미마저 문밖으로 쓸어 버립니다. 그런데 좁쌀알만 한 알에서 이제 막 깨어난 듯한 더 작은 새끼 거미를 보는 순간 그의 손길은 멈칫, 합니다. "분명히 울고불고한 이 작은 것"을 향해 남자는 손을 내밀지만 작은 새끼 거미는 놀라 달아나지요. 여기까지는 두 편의 시적 정황이 거의 같습니다.

그런데 그 마지막 거미의 운명에서 고형렬의 시는 방향을 달리합니다. 백석의 시에서 남자는 엄마나 누나나 형을 만나라는 배려라도 하는 듯 마지막 거미를 차가운 밖으로 쓸어 냅니다. 하지만 고형렬의 시에서 마지막 거미는 방에 남겨져 "찢어진 벽지 속 황토 흙 속으로" 들어갑니다. 그렇게 살아남은 거미는 "이것이 우리 가족의 긴 미래사"라며 스스로 증언할 수 있게 된 것이지요.

이처럼 마지막 거미의 향방이 달라진 것은 거미의 "앙 하고 소리치며" 우는 소리가 남자로 하여금 "무언가 골똘한 생각"에 빠지게 했기 때문입니다. 거미의 들리지 않는 울음소리를 들은 것이지요. 골똘한 생각 끝에 남자는 인간의 손에 쓸려 나가는 거미의 운명이나 신의 손에 쓸려 나가는 인간의 운명이 다를 바 없다는 인식에 이르게 되었는지 모릅니다.

이런 성찰은 남자와 거미로 하여금 대등한 눈높이에서 시선과 대화를 주고받게 해 줍니다. 거미에 대한 인간적 연민이나 서러움조차 투명하게 걷어 냈을 때, 인간은 비로소 거미의 눈을 갖게 되고 거미의 말과 울음소리를 알아들을 수 있습니다. 이 지점에서 인간이 거미를 바라보는 것이 아니라 거미가 인간을 바라보는 역전이 이루어집니다.

> 삿자리 밑에서 나는 그를 가만히 쳐다보았다
> 알 수 없는 생각이 스쳐 지나갔다 스쳐 지나가는 생각이
> 슬프다는 생각조차 없었다

알 수 없는 생각이 스쳐 지나가고, 스쳐 지나가는 생각이 슬프다는 생각조차 없는 상태. 그 무심함에 이르러서야 우리는 비로소 인간적인 생각과 감정에서 벗어나 거미의 생(生)에 가 닿게 됩니다. 이 시가 뛰어난 거미 시편의 전통을 계승하면서도 새로운 입지를 마련하는 대목은 바로 여기에 있습니다.

이 시 말고도 식물이나 동물, 심지어 무생물이나 사물을 화자로 삼은 시들을 자주 볼 수 있습니다. 어떤 대상을 제대로 이해하기 위해서는 그것 자체가 되어 볼 필요가 있고, 그래야만 대상을 실감 있게 표현할 수 있으니까요. 다양한 화자의 발굴과 확장이라는 측면에서도 그 시들은 의미가 있습니다.

하지만 동식물이나 사물을 화자로 삼는다고 해도 인간 중심

적 관점이나 사고에서 자유로운 시를 만나기는 그리 쉽지 않습니다. 동물이나 식물 화자를 지나치게 의인화할 경우 오히려 시가 부자연스러워지고 교훈적인 우화(寓話)로 흐를 위험도 적지 않기 때문이지요. 또한 생태적인 세계관을 표방하면서도 말하는 태도와 방식은 여전히 자연을 대상화하는 차원에 머물러 있는 시들도 적지 않습니다. 그런 점에서 고형렬의 「거미의 생에가 보았는가」는 단순히 백석의 「수라」에 대한 패러디 시가 아니라, 다른 생명체에 대한 지극한 마음이 빚어낸 새로운 발성이라고 할 수 있습니다.

여러분도 바람이 차가운 날, 유리창 밖 난간이나 나뭇가지 사이에서 흩날리는 거미줄과 거기 매달린 거미를 유심히 지켜보세요. 그 거미가 여러분을 향해 무어라 말하고 있는지 조금이라도 알아들으려고 마음의 귀를 기울이면서 말이지요.

'나'와 '너'는 이동 중

먼지처럼   이장욱

나는 코끼리의 귀가 되어 펄럭거리고
너는 개의 코가 되어 먼 곳을 향하고
우리는 공기 중을 부드럽게 이동하였다.

활명수(活命水)를 마시고 있는 약국 안의 사내와 함께
머리를 말리고 있는 여자의 거울 속에서
우리는 우리의 배경이 되어
무한히 지나갔다.

오늘 아침의 세계는 역사와 무관하고
어젯밤의 세계는 다만 어젯밤의 세계,
우리는 어지럽고 아름다웠다.
먼지처럼
음악처럼

오늘은 누군가 성수와 뚝섬 사이에서 사라지고
누군가 병든 유태인처럼 창문에 머리를 기대고
누군가 박물관의 입구처럼 조용해지고
아침에는 추리 소설 속의 탐정처럼 깨어났다.

노련한 사서들은 언제나 음악의 비유를 경계했지만
우리는 미래의 음표로 나아가기 위해 현재에
집중해야만 하는 피아니스트와 같이

나는 내일도 기린의 목처럼 부드럽게 휘어졌다.
너는 모레도 하마의 입처럼 무거워졌다.
우리는 삼십 년 후에도 가득한 먼지처럼
천천히 이동하였다.

—『정오의 희망곡』, 문학과지성사 2006

이장욱 시인의 시에서 '나'와 '너'는 늘 어디론가 이동 중입니다. 아니면 다른 존재로 변하는 중이거나 사라지는 중입니다. 이시에서도 연이어 등장하는 서술어들을 보세요. 그리고 생성을 나타내는 동사 '-가 되어' 앞에 변주되는 보어들을 보세요. "나는 코끼리의 귀가 되어 펄럭거리"다가 "나는 내일도 기린의 목처럼 휘어"집니다. 그런가 하면 "너는 개의 코가 되어 먼 곳을 향하"다가 "너는 모래도 하마의 입처럼 무거워"지지요. '나'와 '너', 또는 '우리'는 그의 시에서 부단히 이동, 이송, 이탈, 증발, 변태함으로써 시적 주체의 자리를 지워 나가고 있습니다.

이 시는 '나'라는 화자를 통해 발화하지만, 그 서정적 주체의 얼굴이 뚜렷하게 잡히지는 않습니다. 이장욱의 시가 난해하고 파격적인 시어를 쓰지 않으면서도 일반적인 서정시처럼 쉽게 해독되지 않는 것은 그래서일 것입니다. 평론가 신형철의 말을 빌리자면, 이장욱의 시는 "심리학적으로 서정적인 것이 아니라 언어학적으로 서정적 문장들"(「진실은 앓는 자들의 편에」)을 구사하기 때문이지요. 그의 문장들은 자아의 감정을 휘발시키고 의미에 대한 강박을 내려놓은 자리에서 출발합니다. 그리고 늘 어디론가 떠나기 위해, 스스로를 지우기 위해 발뒤꿈치를 들고 있는 것처럼 보입니다.

'나'라는 화자와 '너'라는 청자는 때로 '우리'라는 이름으로 묶이기도 합니다. 하지만 '나'와 '너'는 서로를 알아보지 못하고, 공통된 영토를 갖지도 못합니다. '나'와 '너'의 표정은 이내 지워지거나 이미 바뀌어 있으니까요. "우리는 우리의 배경이 되어/무한히 지나"갈 뿐이지요. 이 모호한 '우리'의 자리를 메우기 위해 '누군가'라는 대명사가 자주 등장합니다. 그렇다고 '누군가'가 구체적으로 누구를 가리키는지 되묻거나 따질 필요는 없습니다. 익명성의 물결에 흔들리며 얼굴이 지워진 그가 '누구'인지보다는 누군가 '사라졌다'는 사실 자체가 중요하니까요.

'누군가'라는 비인칭의 대명사는 자아를 구성하지 않으면서도 존립할 수 있는 독특한 비결을 품고 있지요. 이 시의 4연에서 '누군가'는 사라지고, 창문에 머리를 기대고, 조용해지고, 깨어나지만, 그 맨얼굴은 끝내 드러나지 않습니다. 다만 '그/그들'의 움직임만이 "병든 유태인처럼", "박물관의 입구처럼", "추리 소설 속의 탐정처럼" 비유되고 있을 뿐입니다.

이러한 미끄러짐은 통사적 구조나 수식 관계에서도 분명하게 나타나고 있습니다. 얼핏 단순 명료한 문장처럼 보이지만, 그 속에서 주어와 술어, 또는 수식어와 피수식어는 서로 어긋나고 미끄러집니다. 그로 인해 논리적 연관성이나 서정적 감정의 발생은 계속 지연되지요. 문장과 문장의 결합은 더욱 돌연하게 이루어집니다. 예컨대 「투우」라는 시에서 "우리 사이에 꽃이 피었다" 는 문장과 "우리 사이에 물이 얼었다"는 문장은 "적어도 나는/명료하다"는 진술의 명료성을 역설적으로 만들어 버립니다.

이처럼 이장욱의 시는 시어가 평범하고 익숙한 듯하지만, 시를 읽고 나면 어떤 '낯섦'에 부딪치게 됩니다. 단어와 문장의 돌연한 결합 외에도 그 낯섦을 만들어 내는 과정은 다양한 방식으로 진행됩니다. 현재와 과거가 혼재된 시간 의식, 여기와 저기를 넘나들며 만들어진 공간 의식 등은 그 '낯설게 하기'를 수행하는 요인들이라고 할 수 있습니다.

그의 시에서 시간적 질서는 어제와 오늘과 내일과 모레의 선형적 인과성을 무너뜨리면서 진행됩니다. "오늘 아침의 세계는 역사와 무관하고/어젯밤의 세계는 다만 어젯밤의 세계"일 뿐이며, "미래의 음표로 나아가기 위해 현재에/집중해야만 하는 피아니스트와 같이" 우리는 어디로 가는지 알 수 없이 천천히 이동하고 있을 뿐입니다. 마지막 연에서 내일, 모레, 심지어 삼십 년 후라는 미래의 시간 속에서도 '우리'의 이동은 과거형으로 기록되고 있습니다. 여기서 과거와 현재와 미래는 뒤섞여서 구분하기 어려운 상태처럼 보입니다.

그런데 흥미로운 것은 '우리'의 이동으로 인해 시간이나 공간이 더 깊어지거나 확장되지 않는다는 사실입니다. 그것은 마치 밀폐된 공간에서 피어오르는 "먼지처럼/음악처럼" 어지럽고 아름다운 세계지요. 몽환적인 이미지들은 현실도 꿈도 아닌 모호한 공간을 만들어 내고, 그 속에서 시간적 질서나 시적 의미는 불연속적인 파장을 그리며 분산되고 있습니다. 이런 특성이 전통적 서정과 어떤 점에서 변별되는지를 이광호는 『정오의 희망곡』 해설에서 다음과 같이 설명합니다.

만약 한 편의 서정시로부터 자명하고도 따뜻한 전언을 듣고 싶어 한다면, 당신은 이장욱의 시집을 읽지 않아도 된다. 그러나 한국 시의 모더니티의 한 극한에서 서정성 자체를 낯설게 하는 첨예한 시적 감각을 만나려 한다면, 이장욱을 읽는 것은 강렬한 경험이 될 수 있다. 그의 시에서 서정적 진술들은 문득 무심하고 모호한 무중력의 공간에서 부유하기 시작한다. 그는 눅눅한 잠언의 세계를 뒤집어, 건조하고도 서늘한 시적 현대성의 차원을 재구축한다.

전통적 서정시가 정서적 위안이나 삶의 깨달음을 주는 데 안주해 왔다면, 이장욱의 시는 시적 현대성을 재구축하기 위해 '다른 서정'을 모색합니다. 서정성의 활로를 여는 방법은 여러 가지가 있겠지만, 비평가로서의 이장욱은 그 탐색이 "서정성의 '부정'이나 '해체'가 아니라 일종의 '내파' 방식일 수 있다"(「꽃들은 세상을 버리고」)고 말합니다. 그의 시 역시 서정시의 완고한 경계들을 안에서부터 무너뜨리는 '내파'의 공법을 취하고 있습니다. '나'와 '너'는 부단히 이동하면서 '서정 바깥의 서정'을 향해 감각의 촉수를 뻗어 가고 있는 것이지요.

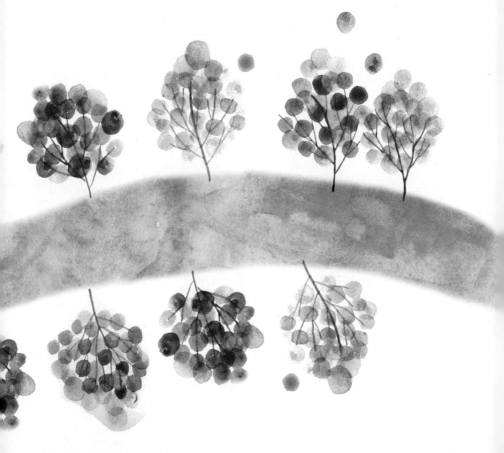

3

소리는 어떻게
조직되어 있는가

구조와 리듬

3. 소리는 어떻게 조직되어 있는가
구조와 리듬

　프랑스 시인 발레리는 시와 산문의 차이를 춤과 보행에 비유했지요. 산문이 어떤 대상이나 의미를 명료하게 전달하고 언어의 유용성을 강조한다는 점에서 보행에 가깝다면, 시는 대상의 심미적 특성이나 행위 자체를 목적으로 한다는 점에서 춤에 가깝다는 것이죠. 이처럼 언어적 지향을 통해 시와 산문을 구별하는 관점은 단순히 외형적 리듬의 유무로 시와 산문을 나누는 것보다 타당하다는 생각이 듭니다. 사실 산문에도 리듬이 없는 것은 아니고, 리듬이 가장 충만하게 구현된 형태가 시라고 할 수 있지요.

시와 산문에 대한 이런 관점은 시의 리듬을 정형화된 패턴으로 이해하는 관습을 넘어서게 해 줍니다. 중고등학교에서 시의 리듬에 대해 배울 때, 리듬을 정형률과 내재율로 나누고, 정형률은 다시 음수율, 음보율, 음성률로 나누는 게 일반적이었지요. 외적인 규칙성은 없지만 내적인 리듬을 지니고 있는 내재율에 대해서는 섬세하게 분석하는 방법을 배울 기회가 별로 없었습니다. 그로 인해 현대 시의 리듬은 더 이상 중요하지 않은 요소이거나 분석 불가능한 것으로 여겨져 왔습니다.

하지만 모든 생명체가 고유의 심장 박동을 가지고 있듯이, 한 편의 시는 시인의 내면에서 그것이 생겨나는 순간부터 고유한 리듬을 갖게 됩니다. 따라서 시의 리듬을 살리기 위해서는 외적인 규칙이나 질서를 시어에 인위적으로 부과하는 것이 아니라, 시적인 대상이 지닌 내적 파동에 귀를 기울여야 합니다. 그래야만 시의 내용과 정서에 걸맞은 리듬을 창조할 수 있으니까요.

리듬에 대한 또 하나의 고정 관념은, 시행이 짧고 운문적으로 압축된 시는 리듬을 잘 살린 반면, 길고 산문적 시는 리듬이 없다고 간주하는 것입니다. 하지만 서사적 내용을 다루거나 유장한 감정의 흐름을 보여 주는 시는 산문적인 호흡을 지닐 수밖에 없습니다. 그런 시는 반복과 변주에 의해 시적인 긴장을 만들어 내고 정서의 흐름을 조절하지요. 백석의 「남신의주 유동 박시봉방

(南新義州 柳洞 朴時逢方)」도 그런 예입니다.

　　내 가슴이 꽉 메어 올 적이며,

　　내 눈에 뜨거운 것이 핑 괴일 적이며,

　　또 내 스스로 화끈 낯이 붉도록 부끄러울 적이며,

　　나는 내 슬픔과 어리석음에 눌리어 죽을 수밖에 없는 것을
느끼는 것이었다

　　그러나 잠시 뒤에 나는 고개를 들어,

　　허연 문창을 바라보든가 또 눈을 떠서 높은 천장을 쳐다보
는 것인데,

　　이때 나는 내 뜻이며 힘으로, 나를 이끌어 가는 것이 힘든 일
인 것을 생각하고,

　　이것들보다 더 크고, 높은 것이 있어서, 나를 마음대로 굴려
가는 것을 생각하는 것인데,

　　이렇게 하여 여러 날이 지나는 동안에,

　　내 어지러운 마음에는 슬픔이며, 한탄이며, 가라앉을 것은
차츰 앙금이 되어 가라앉고,

　　외로운 생각만이 드는 때쯤 해서는,

　　더러 나줏손에 쌀랑쌀랑 싸락눈이 와서 문창을 치기도 하는
때도 있는데,

나는 이런 저녁에는 화로를 더욱 다가 끼며, 무릎을 꿇어 보며,

어니 먼 산 뒷옆에 바우 섶에 따로 외로이 서서,

어두워 오는데 하이야니 눈을 맞을, 그 마른 잎새에는,

쌀랑쌀랑 소리도 나며 눈을 맞을,

그 드물다는 굳고 정한 갈매나무라는 나무를 생각하는 것이

었다.

이 대목은 꽤 긴 시의 후반부에 해당하는데, '것이었다'는 종
결 어미가 단 두 번 나옵니다. 그만큼 한 문장의 길이가 길고, 연
도 나뉘어 있지 않습니다. 그런데도 이 시가 지루하거나 통사적
으로 모호하다는 느낌이 별로 들지 않는 이유는 무엇일까요? 앞
문장은 성분 절들이 '-적이며'로 병렬되어 있고, 뒷문장은 '-것
인데(있는데)'로 병렬되어 있어서 그에 따라 적절하게 끊어 읽
을 수 있기 때문이지요. 중간중간 삽입된 쉼표나 동일한 연결 어
미들이 각운의 효과를 내면서도 전체적으로 유장한 호흡을 이어
가고 있습니다.

이러한 호흡은 남신의주 유동의 박시봉이라는 목수의 집에 세
들어 살며 지나간 시간을 되새김질하는 화자의 쓸쓸한 내면과
잘 어울립니다. 수많은 기억들이 밀려왔다 사라지는 동안 서정
적 자아는 슬픔과 회한 속에서 조금씩 정화되어 갑니다. 그리하

여 "그 드물다는 굳고 정한 갈매나무"라는 정신적 표상에 이르게
되지요. 백석의 사변적이고 산문적인 시들이 시적인 긴장을 놓
치지 않는 것은 이처럼 반복과 변주의 구문을 잘 활용하기 때문
입니다.

백석의 시가 산문 지향이 강하다면, 박용래의 시는 운문 지향
이 강합니다. 박용래의 「저녁 눈」은 전통적인 운율을 계승하면서
압축미를 잘 살린 시입니다.

  늦은 저녁때/오는 눈발은/말집 호롱불 밑에/붐비다

  늦은 저녁때/오는 눈발은/조랑말 발굽 밑에/붐비다

  늦은 저녁때/오는 눈발은/여물 써는 소리에/붐비다

  늦은 저녁때/오는 눈발은/변두리 빈터만 다니며/붐비다

  *시행 중간에 표시된 /는 음보를 보여 주기 위해 인용자가 붙인 것.

이 시는 전체가 4연으로 되어 있고, 한 행이 그대로 한 연이 되
는 구조를 취하고 있습니다. 각 행의 길이가 거의 균질하고 4음

보로 끊어 읽기에도 무리가 없습니다. 게다가 모든 행이 거의 같은 구절로 되어 있고, 세 번째 음보만 다르게 변주됩니다. 이에 따라 독자의 시선이나 감각은 '말집 호롱불 밑→조랑말 발굽 밑→여물 써는 소리→변두리 빈터'로 이동하지요.

이 시는 전체적으로는 늦은 저녁때 눈 내리는 시골 풍경을 보여 줍니다. 그런데 각 행을 연으로 분리해서 이미지들을 독립시킴으로써 비균질적인 공간을 만들어 냅니다. 만일 4행을 연으로 독립시키지 않고 한 연으로 붙여서 썼다면 훨씬 단조롭고 답답한 시가 되었을 것입니다. 연과 연 사이의 여백은 시간과 공간을 확장해 주고 반복과 변주의 묘미를 살리는 데 기여하고 있습니다. 또한 각 연이 '붐비다'라는 동사로 끝을 맺고 있는데, 입술소리인 'ㅁ'과 'ㅂ'이 연이어 발음되면서 저녁 눈발의 경쾌한 감각이 느껴집니다. 이런 요소들 때문에 정형률이 뚜렷하면서도 현대적인 느낌을 줄 수 있는 것입니다.

전염병자들아
──숨차게

푸르게, 시리게, 촉, 수, 만, 켜들고, 달려, 가라, 달려, 가라, 전신을, 파, 먹는, 구, 데, 기, 들에겐, 전신을, 주고, 다리, 사러, 온,

사람에겐, 다리, 팔고, 신나게, 경매를 외쳐라. 토하고, 싸고, 흘리며, 모두, 모오두, 나눠, 줘라. 네, 심지를, 꺼내 보여라. 뛰어라. 앓는, 몸아, 너를, 부르거든, 큰, 소리로, 살아있다살아있다, 외쳐, 대라. 도착하진, 말고, 떠, 나, 기만, 하, 거, 라. 주사, 바늘들이, 빠져, 달아나고, 희디흰, 침대, 가, 다, 부서지도록, 피똥이 튀고, 토, 사물과, 악취가, 하늘, 높이, 날리도록, 달리기만, 하거라. 생명이, 나갔다가들어오고, 출발했다가도착하며, 생, 명, 을, 부렸다가다시, 지고, 또, 다, 시, 달려, 나가는, 앓는, 몸아! 저기, 저기, 쳐다봐라. 유화, 물감으로, 그려진, 행복이, 액자, 속에, 담겨, 있고, 이제, 막, 기쁨의, 사. 카. 린. 이. 강. 물. 처. 럼. 네. 피. 속으로, 들어가고, 있구나. 누군가, 살아있냐. 묻거든, 머리를, 깨부수고, 촉, 수, 를, 보여, 줘, 라.

　잠
　　꼬
　　　대
　　　　만
　　　　　하
　　　　　　는
　　　　　　　앓
　　　　　　　　는

93

몸

아

!

　김혜순의 「전염병자들아」에는 제목 아래 '숨차게'라는 부제가
붙어 있습니다. 악상 기호처럼 이 시의 리듬을 어떻게 읽으라는
주문인데요. 부제뿐 아니라 본문에 찍힌 수많은 쉼표들 역시 고
통에 헐떡이며 절규하는 호흡을 낳습니다. 화자는 전염병자들의
고통을 제 몸으로 앓으며 병든 몸과 영혼을 깨우기 위해 필사적
으로 외치는 듯합니다. 마지막에 사선 모양으로 행갈이 된 "잠꼬
대만하는앓는몸아!"에 이르면 이 시가 앓는 몸을 위한 일종의 굿
처럼 느껴집니다.

　따라서 이 시에서는 무엇보다도 구두점들에 의해 형성된 고통
의 리듬을 읽어 내는 일이 중요합니다. 쉼표와 마침표의 단속적
인 사용은 단어들을 토막 내면서 불규칙하고 파편화된 리듬을
만들어 냅니다. 하나의 단어가 음절 단위로 쪼개지기도 하고, 두
개의 동사가 하나로 붙어 있기도 하고, 쉼표와 마침표와 느낌표
가 혼용되기도 합니다. 그로 인해 이미지가 빠르게 전환되고 고
통으로 생생해진 감각들이 더 선명하게 전달됩니다. 결국 '숨차
게'는 죽음을 따라잡는 생명의 속도감을 만들어 내기 위한 주문

이었던 셈이지요. 이처럼 시의 리듬은 단순한 외적 형식이 아니라 시인의 태도와 정서를 관통하는 근본적인 원리입니다.

다, 다, 두고 왔네

바다가   허수경

깊은 바다가 걸어왔네
나는 바다를 맞아 가득 잡으려 하네
손이 없네 손을 어디엔가 두고 왔네
그 어디인가, 아는 사람 집에 두고 왔네

손이 없어서 잡지 못하고 울려고 하네
눈이 없네
눈을 어디엔가 두고 왔네

그 어디인가, 아는 사람 집에 두고 왔네

바다가 안기지 못하고 서성인다 돌아선다
가지 마라 가지 마라, 하고 싶다
혀가 없다 그 어디인가
아는 사람 집 그 집에 다 두고 왔다

글썽이고 싶네 검게 반짝이고 싶었네
그러나 아는 사람 집에 다, 다,
두고 왔네

——『내 영혼은 오래되었으나』, 창작과비평사 2001

허수경의 「바다가」를 읽으면서 가장 먼저 갖게 되는 느낌은 시
어와 시어가 만나 저절로 어떤 음률을 이루며 노래가 되고 있다
는 것입니다. 마치 물결이 밀려오고 밀려가는 것처럼, 말의 밀물
과 썰물이 읽는 이의 마음에 잔잔한 파문을 일으킨다고 할까요.
그런 점에서 이 시는 노래로서의 시에 가깝습니다.
 허수경 시인은 초기부터 생래적이라고 할 만한 '가락'을 통해
진주의 토속적인 언어와 정서를 노래해 온 시인입니다. 그런데

두 권의 시집을 내고 1992년 독일로 떠난 시인은 낯선 나라에서 고고학을 공부했습니다. 그 후 8년 만에 펴낸 세 번째 시집 『내 영혼은 오래되었으나』는 이국적인 정서와 고고학적 상상력이 가미된 새로운 시 세계를 보여 줍니다. 하지만 시인 특유의 리듬 감각이나 삶에 대한 농익은 시선은 여전하다는 생각이 듭니다.

오랜 외국 생활에 지친 시인에게 '바다'는 주로 치유와 휴식의 공간으로 그려지고 있습니다. "우리는 언제나 바다로 가게 될 것인가"(「옛 사랑 속에는 전장의 별들이」)라는 탄식이나 "나의 고아들은 따스한 물이불을 덮고 잠이 들 것"(「나의 고아들은」)이라는 기다림 속에서 바다는 구원의 표상으로 등장합니다.

「바다가」에서도 '나'는 밀려오는 바다를 두 팔 벌려 맞으려 합니다. 하지만 그 순간 손이 없다는 것을, 손을 어디엔가 두고 왔다는 것을 깨닫게 되지요. 손이 없어서 잡지 못하고 울려고 하다가 이번에는 눈이 없다는 것을, 눈을 아는 사람 집에 두고 왔다는 것을 깨닫습니다. 서성이다 돌아서려는 바다를 향해 가지 말라고 외치고 싶지만 혀마저 없다는 것을 또한 깨닫게 됩니다.

그러나 아는 사람이 누구인지, 아는 사람 집이 어디인지도 알 수 없는 지경입니다. 그리움의 대상에게 그리워할 수 있는 몸과 마음까지 다 두고 온 이의 막막한 심정만이 출렁이고 있을 뿐이지요. 마지막 연에서 "아는 사람 집에 다, 다,/두고 왔네"라고 말할 때, '나'의 소리 없는 울음은 통곡에 가깝게 들리기도 합니다. 이 시는 결국 바다를 잡을 수도, 부를 수도 없음을 노래함으로써 읽는 이에게 슬픔의 바닷속에 깊이 잠겨 들게 합니다.

이러한 정서적 파장은 시어들의 반복과 변주를 통해 형성된 특유의 리듬에서 비롯된 것인데요. 이 시에서 가장 많이 반복되는 문장은 "그 어디인가, 아는 사람 집에 두고 왔네"인데, 이 문장이 각 연에 배치되는 방식은 각기 다릅니다. 이 문장이 1연과 2연에서는 마지막 한 행으로 자리 잡고 있는 반면, 3연에서는 3행과 4행으로 나뉘면서 "그 집에 다"라는 구절이 첨가되어 있지요. 4연에서는 "다, 다,"가 들어가면서 "두고 왔네"는 독립된 행으로 분리됩니다. 시행의 이러한 변주는 기계적인 반복을 피하고 감정을 자연스럽게 고조시킵니다.

다음으로, 종결 어미 '-네'에 주목할 필요가 있습니다. 한국 현대 시의 첫머리를 장식하고 있는 김소월의 「산유화」 이래 '-네'라는 종결 어미는 시를 노래에 가깝게 만드는 경향이 있지요. 그런데 「산유화」에 나타난 저만치 혼자서 피어 있는 '꽃'과의 거리감보다 이 시에 나타난 '바다'와의 거리감이 더 크고 비극적인 느낌을 줍니다. '-네'로 일관하던 종결 어미가 3연에서 '-다'로 바뀌고 있는 것은 그런 단절감의 표현이 아닐까 싶습니다. '-네'라는 어미가 시를 노래처럼 흐르게 한다면, '-다'라는 어미는 그 노래의 매끄러움을 깨뜨려 주는 역할을 하니까요.

시집 『내 영혼은 오래되었으나』에는 이 시 외에도 「검은 노래」
와 「붉은 노래」라는 제목의 시가 나란히 실려 있는데요. 이 두 편
의 시에서도 종결 어미 '-네'와 '-다'는 운문적 리듬과 산문적
진술을 각각 대변하는 역할을 하고 있습니다. 따라서 두 어미의
병치는 세계와의 동일성을 회복하려는 마음과 비동일성의 간극
을 직시하려는 마음의 공존으로 이해할 수도 있겠지요. 만일 「바
다가」의 어미가 '-네'로만 일관했다면, 이 시의 리듬은 단조롭고
자동화된 질서를 크게 넘어서지 못했을 것입니다.

종결 어미의 병치뿐 아니라 시제의 병치도 눈여겨볼 일입니
다. 각 연에서 현재 시제와 과거 시제가 나란히 쓰이고 있는 것
은 어떻게 이해할 수 있을까요? 잘 살펴보면, '바다'와 '나'의 움
직임을 묘사할 때는 현재형을 쓰고, '바다'와 '나'의 거리감을 강
조할 때는 과거형을 써서 그 간극을 부각시키고 있습니다. 4연의
첫행 "글썽이고 싶네 검게 반짝이고 싶었네"에서는 현재 시제와
과거 시제가 하나의 시행에 병치되기까지 합니다. 그리하여 슬
픔을 표현하는 일조차 불가능의 영역에 잠겨 버린 절망감은 마
지막 연에서 극점에 도달하게 되지요.

그럼, 지금까지 살펴본 어미와 시제의 변주에 유념하면서 이
시를 천천히 소리 내어 읽어 보세요. 비극적 음률에 따라 감정이

고조되면서 승화된 상태를 향해 나아가는 걸 느낄 수 있을 거예요. 이처럼 리듬이란 시적 감정이 어떤 질서를 가지게 되면서 그것이 밖으로 드러난 형태라고 할 수 있습니다. 시의 리듬과 감정의 관계에 대해 평론가 김우창은 이런 말을 남겼습니다. "시는 음악이 있음으로 하여 비로소 감정을 전달하는 말이 된다. 음악은 시의 내용에 감정을 부여하면서 동시에 그것을 그 너머의 차원으로 이끌어 온다."(「시의 리듬에 대하여」) 노래로서의 시는 감정을 표현하는 동시에 감정을 넘어설 수 있는 힘을 지니고 있다는 것이지요.

후하! 후하!

조깅 황인숙

후, 후, 후, 후! 하, 하, 하, 하!
후, 후, 후, 후! 하, 하, 하, 하!
후, 하! 후, 하! 후하! 후하! 후하! 후하!

땅바닥이 뛴다, 나무가 뛴다,
햇빛이 뛴다, 버스가 뛴다, 바람이 뛴다.
창문이 뛴다. 비둘기가 뛴다.
머리가 뛴다.

잎 진 나뭇가지 사이
하늘의 환한
맨몸이 뛴다.
허파가 뛴다.

하, 후! 하, 후! 하후! 하후! 하후! 하후!
뒤꿈치가 들린 것들아!
밤새 새로 반죽된
공기가 뛴다.
내 생(生)의 드문
아침이 뛴다.

독수리 한 마리를 삼킨 것 같다.

―『우리는 철새처럼 만났다』, 문학과지성사 1994

산책과 보행. 둘 다 걷는 행위이지만 그 느낌이나 속도는 사뭇
다릅니다. 보행이 목적지를 향해 걸어가는 유용성의 행위라면,
산책은 별 목적 없이 자유롭게 걷는 행위이지요. 황인숙의 시를

읽다 보면, 도시 변두리를 해찰하며 어슬렁거리는 산책자를 자주 만나게 됩니다. 그 산책자의 발뒤꿈치는 살짝 들려 있어서 언제라도 뛰어오르거나 날아오를 것처럼 보입니다.

황인숙의 시가 "독특한 탄력과 비상(飛翔)의 언어"(정과리)를 통해 한국 시에 경쾌한 감각을 불어넣을 수 있었던 것도 그 산책자적 시선과 발뒤꿈치 때문인데요. 무겁고 딱딱한 사물도 이 시인의 상상력에 의해 반죽되면 아주 가볍고 말랑말랑해집니다. 그 가벼움 덕분에 그의 시는 상상력의 4원소(물, 불, 공기, 흙) 중에서 단연 공기에 가깝다고 할 수 있습니다.

「조깅」에서도 온갖 무거움을 휘발시켜 버리는 가벼움의 정신과 역동적 상상력이 잘 나타나고 있습니다. 이른 아침 맑은 공기를 마시며 조깅을 하고 있는 모습인데요. 시인은 조깅하는 사람의 모습을 일일이 설명하거나 묘사하지 않습니다. 다만 '후!'와 '하!'라는 숨소리로만 1연을 가득 채우고 있지요. 이 들숨과 날숨을 통해 독자는 뛰는 사람의 호흡과 속도감을 자신의 것처럼 느낄 수 있습니다.

2연에서는 뛰고 있는 존재가 사람만이 아닙니다. 움직임의 이 놀라운 전염력을 보세요. 두 발이 뛰니, 땅바닥이 뛰고, 나무가 뛰고, 햇빛이 뛰고, 버스가 뛰고, 바람이 뛰고, 창문이 뛰고, 비둘기가 뛰고, 머리가 뛰고, 허파가 뜁니다. 이렇게 동사 '뛴다'와

'뛴다' 사이에서 "새로 반죽된 공기"는 효모처럼 점점 부풀어 오릅니다. 그런데 살아 있는 공기에 참여하는 우주적 약동의 순간이란 늘 찾아오는 것이 아니어서 시인은 "내 생(生)의 드문/아침이 뛴다"고 말합니다.

뒤꿈치에 달린 날개의 역동성은 마침내 비상의 예감으로 이어집니다. 시인은 그 느낌을 마치 "독수리 한 마리를 삼킨 것 같다"고 표현합니다. 날아오르고 싶은, 금방이라도 날아오를 것 같은 감정의 솟구침이 '독수리'라는 이미지로 표현된 것이지요. 이 시뿐 아니라 비상을 향한 자유로운 열정은 그의 시 세계 전반에서 나타납니다. 시인은 『자명한 산책』의 뒤표지에 이렇게 썼습니다.

내 시가 최소한 세상에 악취를 끼치지 않았으면 좋겠다. 이것이 내 소극적 바람이다. 적극적 바람은 즐겁게 시를 쓰는 것이다. "난 즐거움으로 달려요. 난 일로 달리기 싫어요"라고 말하는 달음박질꾼처럼 즐거움으로 시를 쓰고 싶다. 매혹적인 시의 길이 영원까지 뻗어 있었으면 좋겠다.

황인숙의 시가 왜 우리에게 영혼의 청량제나 강장제가 될 수 있는지 그 이유를 알 것 같지요? 의무감이 아니라 시를 쓰는 일 자체의 즐거움과 매혹을 느끼는 것, 그 자유로운 정신이 경쾌하고 발랄한 리듬감을 만들어 냅니다. 같은 말이 반복·변주되면서 생겨나는 리듬은 산문의 무거움을 덜어 내고 시적 비약을 가능케 합니다.

그의 시에 나타난 리듬 감각을 이야기할 때 빼놓을 수 없는 것은 의성어와 의태어의 독창적인 활용입니다. 산문적인 진술 대신 적절한 의성어와 의태어를 배치하거나 반복함으로써 대상의 질감과 움직임을 감각적으로 전달하지요. 시집 『우리는 철새처럼 만났다』에서 몇 가지 예를 들어 볼까요.

닝닝닝 전화벨 울렸다.
닝닝닝 전화벨 끊이지 않고
닝닝닝 다 됐니?
넘실거렸다.
나는 꽉 눈을 감았다.
닝닝닝 꽃이 피고 닝닝닝 바람 불고
닝닝닝 닝닝닝 누군가
내 다섯 모가지를 친친 감았다.

—「봄날」부분

플라타너스는 차갑고 맨질맨질하고 까칠까칠하다.

나는 플라타너스를 손바닥으로

텅. 텅. 텅. 두드린다. 가로등을 텅. 텅. 텅. 두드리고

쓰레기통을 텅. 텅. 텅. 두드리고 오토바이를 텅. 텅. 텅. 두드

린다.

보도블록은 발아래서 텅텅거린다.

달도 공중에서 텅텅거린다.

—「산책」 부분

헛, 헛, 헛, 시간이

헛돌고 있다.

헛, 헛, 헛, 우리가

헛놀고 있다.

(헛것인 한에서의 '우리'여)

—「하, 추억치고는!」 부분

여기에 등장하는 의성어와 의태어는 장황한 설명이나 비유 없
이도 어떤 느낌을 전달하기에 충분한 역할을 하지요? 소리 내어
읽으면서 그 말의 질감이나 리듬을 음미해 보세요. 그것은 삶을
옥죄는 것들에 대한 비명 같기도 하고, 삶의 공허를 건드리며 지
나가는 바람 같기도 하고, 삶의 쳇바퀴가 헛돌아 가는 소리 같기

도 합니다. 하지만 그와 동시에 삶의 무거움과 쓸쓸함과 고단함
의 바닥을 치고, 문득, 가볍게 튕겨 오르는 둥근 공 같기도 합니다.

냉이와 나생이

나생이   김선우

나생이는 냉이의 내 고향 사투리
울 엄마도 할머니도 순이도 나도
나생이꽃 피어 쇠기 전에
철 따라 다른 풀잎 보내 주시는 들녘에
늦지 않게 나가 보려고 조바심 낸 적이 있다
아지랑이 피는 구릉에 앉아 따스한 소피를 본 적이 있다

울 엄마도 할머니도 순이도 나도

그 자그맣고 매촘하니 싸아한 것을 나생이라 불렀는데
그때의 그 '나새이'는 도대체 적어 볼 수가 없다

흙살 속에 오롯하니 흰 뿌리 드리우듯
아래로 스며드는 발음인 '나'를
다치지 않게 살짝만 당겨 올리면서
햇살을 조물락거리듯
공기 속에 알 주머니를 달아 주듯
'이'를 궁글려 '새'를 건너가게 하는

그 '나새이'
허공에 난 새들의 길목
울 엄마와 할머니와 순이와 내가
봄 들녘에 쪼그려 앉아 두 귀를 모으고 듣던
그 자그마하니 수런수런 깃 치는 연둣빛 소리를
그 짜릿한 요기(尿氣)를

—『도화 아래 잠들다』, 창비 2003

근대 이후에 시는 주로 인쇄 매체를 통해 읽혀 왔지요. 하지만 시 속에는 아직도 오래된 입말의 세계가 희미하게 남아 있습니다. 그래서 우리는 시를 읽을 때 메시지뿐 아니라 목소리로 된 말자체의 느낌에도 귀를 기울이게 됩니다. 말의 질감은 리듬의 직접적인 요소는 아니지만, 소리의 변별성을 가져다준다는 점에서 리듬과 무관하지 않습니다. 또한 시의 언어는 표준어나 문법의 세계를 벗어나려고 하기 때문에 구어체나 사투리와 친연성이 높은 편입니다.

김선우의 「나생이」는 '냉이'의 사투리 '나새이'가 지닌 말의 질감을 통해 어린 시절의 기억을 불러오고 있는데요. 엄마와 할머니와 순이와 함께 봄이 오는 들판에 나가 냉이를 캐고 "아지랑이 피는 구릉에 앉아 따스한 소피를" 보았던 기억 속에는 봄의 감각들이 오물오물 숨 쉬고 있습니다. 거기에는 '냉이'라는 표준어로는 충분히 전달할 수 없는 향토적 정감이 깃들어 있지요.

'냉이'의 사투리는 나생이, 나셍이, 나새이, 나세이, 나시래이, 날새이, 날생이, 나싱게, 나싱개, 나숭개, 나순개, 나상구, 나시 등 아주 많습니다. 김선우 시인의 고향인 강원도만 해도 강릉에서는 '나생이'라 하고, 정선에서는 '나셍이'라고 부른답니다. 이 미묘한 소리의 차이는 각 지방의 흙빛과 하늘빛, 지형적 특성, 바람의 세기, 사람들의 기질 등에 따라 생겨난 것이겠지요. 그러니 '나새이'라는 발음 속에서 고향의 흙살과 햇살, 공기와 새소리,

심지어 그때 느꼈던 짜릿한 요기(尿氣)까지 고스란히 되살아나는 것은 아주 자연스러운 일입니다.

그런데 이 시의 화자는 "그때의 그 '나새이'는 도대체 적어 볼 수가 없다"고 말합니다. 이처럼 목소리로 된 말과 문자로 된 말 사이의 간극은 메워지기 어렵습니다. 그래도 3연에 표현된 이 말의 질감은 꽤 선명해서 그것을 발음하는 동안 냉이가 흙 속에 흰 뿌리를 뻗으며 자라는 듯한 생동감을 느끼게 됩니다. "목소리로 된 말은 언제나 시간 속에서 운동한다"(『구술 문화와 문자 문화』)는 미국의 영문학자 월터 J. 옹의 말처럼, 이 시에서 '나새이'라는 말은 그 소리의 뿌리를 자꾸만 뻗어 갑니다. "그 자그맣고 매촘하니 싸아한 것"이란 표현에서 형용사들은 냉이의 크기, 모습, 냄새, 맛 등을 잘 버무려 내고 있지요.

사실 일상어에서 '냉이'와 '나생이'와 '나새이'의 차이는 사소해 보입니다. 하지만 기표가 중시되는 시에서는 그 차이가 크다고 할 수 있습니다. 스위스의 언어학자 소쉬르는 구술로 이루어지는 말이 모든 의사소통의 근저를 이루고 있다고 했지만, 그것이 언어 표현을 변형시키는 것이라고까지는 생각하지 않았습니다. 그러나 입말을 중시하는 시인에게 기표와 기의는 소쉬르 언어학이 설명하는 것처럼 자의적이거나 무관한 것만은 아닙니다. 입말이나 사투리는 기표 자체가 불러일으키는 정서와 감각으로 인해 표준어로는 대체 불가능한 고유성을 지니고 있으니까요.

김선우의 다른 시집 『내 몸속에 잠든 이 누구신가』에 실린 「나는 아무래도 무보다 무우가」에서도 표준어와 사투리가 지닌 질감이 다르게 나타나고 있습니다. 어린 시절 겨울밤이면 "무꾸 주까?" 물어보던 어머니와 할머니의 말은 무슨 추임새처럼 흥겹고 맛깔스럽게 들렸지요. 자연히 겨울밤에 깎아 먹던 '무우'의 맛은 '무꾸'라는 말의 맛과 따로 생각할 수가 없습니다. 그러다가 "학교에 다니면서 무꾸는 무우가 되었"고, 작가가 된 이후에는 "무우라고 쓴 원고가 무가 되어 돌아"오는 일을 겪게 됩니다. 표준어가 아니라는 이유에서였지요.

하지만 이에 대해 시인은 "무우—라고 슬쩍 뿌리를 내려놔야 '무'도 살 만한 거지/그래야 그 생것이 비 오는 날이면 우우우 스미는 빗물을 따라 잔뿌리 떨며 몸이 쏠리기도 한 휜 메아리인 줄 짐작이나 하지"라고 항변합니다. 표준어인 '무'보다 '무우—'가, 그보다는 사투리인 '무꾸'가 그 날것의 뿌리를 한결 싱싱하게 드러내 준다고 생각하기 때문이지요.

이 두 편의 시에서 볼 수 있는 것처럼, 시는 제도화된 표준어의 세계를 벗어나 모국어의 아름다움과 특유의 질감을 탐구해 왔습니다. 시에서 방언이나 입말을 즐겨 쓰는 이유도 시어의 지시적 기능을 넘어 감각적 질감을 풍부하게 살려 내기 위해서지요. "지

시적 기능이 극소화되는 그만큼 언어의 밀도는 두꺼워지고 기호의 촉지성은 높아"(유종호「시적인 것」)지기 마련이니까요.

예를 들어, 정지용의「향수」에는 "해설피 금빛 게으른 울음을 우는 곳"이라는 구절이 나옵니다. '해설피'는 해가 설핏할 무렵을 가리키는 말로, 소의 게으른 울음소리와 절묘하게 결합하면서 공감각적 이미지를 빚어내고 있습니다. '해 질 무렵'이라는 말로는 대체할 수 없는 어떤 기미가 '해설피'라는 말에는 깃들어 있지요. 그런 예는 얼마든지 찾아볼 수 있습니다. 서정주의「멈둘레꽃」에서 '멈둘레꽃'을 '민들레꽃'으로, 백석의「흰 바람벽이 있어」에서 '바구지꽃'을 '박꽃'으로 바꾸면 어떻게 될까요? 그 순간 멈둘레꽃이나 바구지꽃이 불러일으키는 독특한 정감은 상당히 줄어들 것입니다.

김선우는 사투리를 즐겨 사용하는 편은 아니지만 고향의 말과 정서를 예민한 감각으로 보여 주는 시인입니다. 어머니와 고향에 대한 기억을 통해 신화적이고 생태적인 공간을 창조해 내는 데 있어서 그 시절의 입말과 사투리를 되살리는 일은 불가피해 보이기도 합니다. 이처럼 문명 이전과 문명 바깥을 살아 낸다는 것은 말의 원초적 감각을 회복하는 일과 무관하지 않습니다.

그러기 위해서 "쓰는 주체로서의 나는 나와 다른 방식으로 존재하는 그 모든 주체들의 말을 잘 듣기 위해 눈 코 귀가 해지도록 안테나를 세우고 주파수를 맞춰야 한다"(『내 몸속에 잠든 이 누구신가』 뒤표지 글)고 시인은 말합니다. 시를 쓰는 일은 자신의 안과 밖에서 들려오는 수많은 목소리들을 잘 듣는 일에서 출발한다는 것이지요. 그녀의 귀가 고향과 유년의 기억을 향해 열릴 때, 그 속에서 들려오는 목소리들은 얼마나 정답고 평화로운지요. 시 속에서 하얗게 뿌리를 뻗는 '나새이'나 '무꾸 주까'라는 말처럼.

사람이 자꾸 죽는다

유령 3   이영광

조간(朝刊)은 부음(訃音) 같다
사람이 자꾸 죽는다

사람이 아니라고 여겨서
죽였을 것이다
사람입니다, 밝히지 못하고
죽었을 것이다

죽이고 싶었다고…… 죽였을 것이다
죽이고 싶었는데…… 죽였을 것이다
죽이고 싶었지만…… 죽였을 것이다

죽은 사람은,
죽을 것처럼 애도(哀悼)해야 할 텐데

죽은 자는 여전히
얼굴을 벗지 않고
심장(心臟)을 꺼내 놓지 않는다

여전히 납치(拉致) 중이고
폭행(暴行) 중이고
진압(鎭壓) 중이다

계획적(計劃的)으로
즉흥적(卽興的)으로
합법적(合法的)으로
사람이 죽어 간다

전투적(戰鬪的)으로
착란적(錯亂的)으로
궁극적(窮極的)으로, 사람이 죽어 간다

아, 결사적(決死的)으로
총체적(總體的)으로
전격적(電擊的)으로
죽은 것들이, 죽지 않는다

죽은 자는 여전히 실종(失踪) 중이고
농성(籠城) 중이고
투신(投身) 중이다

유령(幽靈)이 떠다니는 현관(玄關)들,
조간(朝刊)은 부음(訃音) 같다

— 『아픈 천국』, 창비 2010

이영광의 시집 『아픈 천국』에는 죽음에 관한 시들이 유난히 많
습니다. 그중에서도 「유령」 연작은 용산 참사와 관련해 씌어진

시들입니다. 2009년 1월 20일 새벽 용산 4구역 남일당 화재로 그 건물 옥상에서 점거 농성 중이던 철거민 다섯 명이 목숨을 잃었습니다. 이 사건은 당시 자행된 폭력과 과잉 진압 문제를 두고 많은 사람들의 분노를 불러일으켰고, '작가선언 6·9' 모임은 용산 참사 헌정 문집으로 『지금 내리실 역은 용산참사역입니다』를 펴내기도 했습니다. 「유령 3」 역시 이 책에 실려 있습니다.

이영광 시인은 「사람이란 것에 도달하기」라는 산문에서 용산 참사에 관한 생각을 다음과 같이 밝히기도 했습니다.

용산의 양민들이 죽어 냉동고에 갇히고 유족들의 절규가 거듭하여 경찰 폭력의 타깃이 되고 살아서 망루를 내려온 이들의 인생에 법의 이름으로 5년, 6년 저주의 낙인이 찍히던 300여 일 동안, 국가의 한결같은 대응은 단 한 마디로 요약된다. "너희들은 사람이 아니다." 사람이란 것이 되었는데도 공동체를 지배하는 어두운 힘이 그 '사람 자격증'의 효력을 부인할 때, 규범은 깡패의 가당찮은 수칙과 무엇이 다르고 국가는 백주의 도적 떼와 어떻게 구별되는지 알 수 없다.

물론 이 시가 어떤 사건을 계기로 씌어진 것인지 짐작할 수 있는 단서가 본문에 직접적으로 나타나 있지는 않습니다. 용산 참사를 계기로 썼다고 해도 이 시를 굳이 그 사건과 관련지어서만 읽을 필요는 없을 것입니다. 우리 시대의 폭력과 죽음은 지금도 다양한 장소에서 벌어지고 있고, 이 시는 용산 참사 희생자뿐 아니라 죽음의 시대를 향한 고발의 노래이자 진혼가라고 할 수 있으니까요.

「유령 3」에서 가장 강렬한 전언은 '사람이 죽어 간다'는 것입니다. 그런데 문제는 그 죽음이 자연스러운 죽음이 아니라 "계획적으로/즉흥적으로/합법적으로" 이루어지고 있다는 것입니다. 또한 "전투적으로/착란적으로/궁극적으로, 사람이 죽어 간다"는 사실입니다. 그리하여 죽은 사람들은 제대로 죽을 수도 없고, 남은 사람들은 죽은 사람들을 제대로 애도할 수도 없는 상황입니다. 이 시의 첫 문장과 마지막 문장인 "조간(朝刊)은 부음(訃音) 같다"는 죽음으로 가득 찬 현실을 압축적으로 표현한 것입니다.

그런데 이 시가 읽는 이의 마음을 움직이는 힘을 갖는 것은 논리적인 설득이나 구체적인 묘사를 통해서가 아닙니다. 강렬한 분노와 슬픔이 추동해 내는 직정적 리듬이 어떤 메시지보다 더 원초적인 호소력을 발휘합니다. 현실에서 벌어지고 있는 강자와 약자의 싸움은 시 속에서도 '죽다'와 '죽이다'라는 동사의 연속적인 반복과 대치로 나타납니다.

2연과 3연에서는 '죽이다'와 '죽다'의 대립 구도가 좀 더 구체화됩니다. 2연에서는 '죽이다'와 '죽다' 앞에 '사람이 아니다'와 '사람이다'가 들어가고, 3연에서는 "죽였을 것이다" 앞에 "죽이고 싶었다고" "죽이고 싶었는데" "죽이고 싶었지만"이 각각 병치됩니다. 이러한 강박적인 반복을 통해 시인은 최소한의 인권마저 유린하는 공권력을 시적인 방식으로 폭로하고 비판합니다.

7연과 8연이 동일한 구조를 취하면서도 "사람이 죽어 간다"의 시행을 달리 배치한 것 역시 리듬에 대한 고려가 엿보이는 대목입니다. 6연과 10연의 경우에도 마찬가지입니다. 한쪽에서는 "여전히 납치 중이고/폭행 중이고/진압 중"이고, 다른 한쪽에서는 "여전히 실종 중이고/농성 중이고/투신 중"임을 대비시키고 있습니다. '죽이다'와 '죽다'의 대립 구도를 이번에는 명사들의 대치를 통해 더욱 선명하게 보여 주고 있는 것이지요.

이와 같은 리듬 구조는 시의 의미를 형성하는 동시에 그 의미를 해체하고 넘어서게 합니다. 김수영 시인의 표현을 빌리자면, "'의미'를 껴안고 들어가서 그 '의미'를 구제함으로써 '무의미'에 도달"(「변한 것과 변하지 않은 것」)하는 것이지요. 이 시가 삼엄한 긴장을 느끼게 하는 것은 진술의 강력함뿐 아니라 의미를 넘어선 무의식적 리듬을 지니고 있기 때문입니다. 평론가 함돈균은 이 시가 "원한이나 분노 같은 감정의 충위보다 더 깊숙한 지점에서 발원"한 것이며, "일체의 감정적 수사와 은유를 배제한 시인의 직관, 선언적 언표 속에서 공권력의 무의식은 벌거벗겨지며 그것은 '범죄적 사실'이 되어 시의 재판정에 회부된다"고 말했습니다(「잉여와 초과로 도래하는 시들」).

죽임의 반복과 살아남의 반복 사이에서, 시인은 공권력에 대한 비판뿐 아니라 부당하게 죽은 자들을 살려 낼 수 있는 주술적 언어를 얻고 싶었는지 모릅니다. 그것은 사회 비판적 메시지를 전달하는 것 이상의 좀 더 근원적인 시의 역할이라는 생각이 듭니다. 이 시를 읽을 때 리듬에 주목해야 할 이유는 여기에 있습니다.

4
대상을 어떻게 보여 주는가

묘사와 이미지

4. 대상을 어떻게 보여 주는가

묘사와 이미지

현대를 이미지의 시대라고 합니다. 넘쳐 나는 이미지들 속에서 '이미지(image)'라는 말만큼 다양한 의미를 지닌 말도 드물 것입니다. 감각적 인상에서 추상적인 관념까지, 또는 가시적인 것에서 비가시적인 것까지 두루 포함될 수 있지요. 따라서 이미지라는 말을 어떤 층위에서 사용하느냐에 따라 그 범주나 정의도 달라지게 됩니다.

'이미지'를 우리말로는 '심상(心象)', 곧 '마음의 그림'이라고 할 수 있는데요. "시는 상상력에 의해 그려진 언어의 그림"이라는 영국의 비평가 세실 데이루이스의 정의도 그와 비슷합니다.

심상은 일반적으로 감각적(묘사적) 심상, 비유적 심상, 상징적 심상으로 나누지요. 이 분류에서도 알 수 있듯이, 이미지는 대상에 대한 감각적이고 사실적 묘사뿐 아니라 비유나 상징 등의 관념적인 차원까지 포괄합니다. 그런 점에서 이미지는 대상의 재현인 동시에 주체의 표현이라고 말할 수 있겠지요.

시에서 이미지의 역할은 시인의 관념을 육화된 형태로 보여 준다는 데 있습니다. "시인은 진술(설명)하지 않고 대상을 우리 앞에 보여 준다"는 아이버 리처즈의 말처럼, 살아 있는 이미지란 시인이 감각을 통해 경험한 대상을 마치 눈앞에 있는 것처럼 생생하게 재현한 것입니다. 그렇게 형상화된 이미지는 논리적인 설명으로 대체하거나 환원하기 어렵지요. 이미지는 서로 대립되거나 모순되는 요소들을 함께 끌어안고 있기 때문입니다. 그래서 이미지는 말할 수 없는 것을 말하는 독특한 방식이 될 수 있습니다.

시에서 이미지에 주목했던 유파로 이미지즘이 있었지요. 이미지즘의 선구자였던 미국의 시인 에즈라 파운드는 이미지를 "상이한 관념들이 즉각적인 시간에 정서적 복합체를 통합해 보여 주는 것"이라고 정의했습니다. 그는 1913년 「이미지즘」이라는 글에서 이미지스트가 하지 말아야 할 몇 가지를 다음과 같이 제시하기도 했습니다.

1. 어느 무엇을 드러내지 않는, 불필요한 낱말이나 형용사는 쓰지 말 것.

2. 아무런 장식도 쓰지 말거나 아니면 훌륭한 장식만 쓸 것.

3. 그럴듯하려고 하지 말 것, 묘사적이 되려고 하지 말 것.

4. 자신의 마음을 자신이 발견할 수 있는 최상의 운율들로 채울 것.

이 항목들을 보면, 이미지즘이 단순히 이미지의 조형성에만 집중한 사조가 아니었다는 것을 알 수 있습니다. 오히려 사실적이고 묘사적인 태도를 경계하고 절제된 표현과 최상의 운율을 강조하고 있지요. 서양의 이미지즘이 1930년대 한국 시에 수용되는 과정에서 회화적 이미지나 주지주의적 태도만을 내세우는 사조로 협소해진 감이 없지 않습니다.

하지만 이미지를 생산하고 수용하는 신체의 감각은 시각에만 국한되지 않습니다. 우리가 어떤 대상을 지각할 때는 실제로 시각, 청각, 후각, 촉각, 미각 등 다양한 감각이 함께 결합됩니다. '공감각적 표현'이라는 말을 자주 쓰지만, 이것은 시인이 두 가지 이상의 감각을 인위적으로 결합한 것이 아닙니다. 대상에 대한 통합적인 감각 작용에 충실하게 반응하면서 생겨난 결과물인 것이지요.

강은교의「우리가 물이 되어」는 다양한 감각들이 서로 넘나들며 풍성한 이미지를 빚어낸 시입니다.

우리가 물이 되어 만난다면
가문 어느 집에선들 좋아하지 않으랴.
우리가 키 큰 나무와 함께 서서
우르르 우르르 비 오는 소리로 흐른다면.

(2연 생략)

그러나 지금 우리는
불로 만나려 한다.
벌써 숯이 된 뼈 하나가
세상에 불타는 것들을 쓰다듬고 있나니

만리(萬里) 밖에서 기다리는 그대여
저 불 지난 뒤에
흐르는 물로 만나자.
푸시시 푸시시 불 꺼지는 소리로 말하면서

올 때는 인적(人跡) 그친

넓고 깨끗한 하늘로 오라.

─강은교 「우리가 물이 되어」 부분

이 시는 '나'와 '그대'의 만남을 '물'과 '불'이라는 원형적 요소들의 결합으로 표현하고 있는데요. 자칫 추상적으로 흐를 수도 있는 주제가 선명한 감각적 이미지 덕분에 구체적인 형상을 얻고 있습니다. 1연의 "우르르 우르르 비 오는 소리"는 청각적 이미지, 3연의 "세상에 불타는 것들을 쓰다듬고 있나니"는 촉각적 이미지, 4연의 "푸시시 푸시시 불 꺼지는 소리"는 청각적 이미지, "넓고 깨끗한 하늘"은 시각적 이미지 들이지요.

여기서 '불'은 시련과 소멸의 시간을 상징하고, '물'은 풍요와 재생의 시간을 상징합니다. '물'과 '불'은 감각적으로 대비를 이루지만 궁극적으로는 하나로 결합하게 됩니다. "푸시시 푸시시 불 꺼지는 소리"는 '우리'가 만나는 소리이자, '물'과 '불'이 만나는 소리이기도 하지요. 이처럼 이미지는 비유나 상징과도 밀접하게 연결되어 있습니다.

지난 홍수에 젖은 세간들이

골목 양지에 앉아 햇살을 쬐고 있다

그러지 않았으면 햇볕 볼 일 한 번도 없었을

늙은 몸뚱이들이 쭈글쭈글해진 배를 말리고 있다

곪히고 눅눅해진 피부

등이 굽은 문짝 사이로 구멍 뚫린 퇴행성 관절이

삐걱거리며 엎드린다

그사이 당신도 많이 상했군

진한 햇살 쪽으로 서로 몸을 디밀다가

몰라보게 야윈 어깨를 알아보고 알은체한다

살 델라 조심해, 몸을 뒤집어 주며

작년만 해도 팽팽하던 의자의 발목이 절룩거린다

— 최영철 「일광욕하는 가구」 부분

　이 시는 홍수에 젖은 세간들이 몸을 말리는 모습을 의인화해
서 보여 줍니다. 전체적으로는 가구들의 외양을 묘사하는 데 주
력하고 있지만, 묘사를 비유(의인법)와 결합하고 대화체를 삽입
함으로써 묘사적 이미지의 단조로움을 극복하고 있습니다. 사
람이 가구를 말리는 게 아니라 가구가 일광욕을 하고 있는 것이
지요.
　우선, 가구의 각 부분은 '배', '피부', '관절', '어깨', '발목', '아
랫도리', '근육', '얼굴' 등 인체에 비유됩니다. 또한 수동적인 가

구는 '앉다', '쬐다', '말리다', '엎드리다', '디밀다', '알아보다', '알은체하다', '뒤집어 주다', '절룩거리다' 등의 주어가 됨으로써 능동적인 존재로 그려집니다. 가구들이 직접 대화를 주고받는 대목은 이러한 의인화의 효과를 극대화한 것입니다. 묘사적 이미지가 비유적 이미지와 결합해서 재미있는 풍경을 연출해 낸 경우지요.

폐차장의 여기저기 풀 죽은 쇠들
녹슬어 있고, 마른 풀들 그것들 묻을 듯이
덮여 있다. 몇 그루 잎 떨군 나무들
날카로운 가지로 하늘 할퀴다
녹슨 쇠에 닿아 부르르 떤다.
눈 비 속 녹물들은 흘러내린다, 돌들과
흙들, 풀들을 물들이면서. 한밤에 부딪치는
쇠들을 무마시키며, 녹물들은
숨기지도 않고 구석진 곳에서 드러나며
번져 나간다. 차 속에 몸을 숨기며
숨바꼭질하는 아이들의 바지에도
붉게 묻으며.

— 이하석 「폐차장」 부분

최영철의 「일광욕하는 가구」가 의인화를 통해 주관적으로 변형된 이미지를 보여 준다면, 이하석의 「폐차장」은 비교적 묘사에 충실하고 객관적 이미지를 구사하고 있습니다. 폐차장에 방치된 사물들은 그 자체로 호명됩니다. 인용된 1연에는 '쇠들', '풀들', '나무들', '녹물들', '돌들', '흙들', '아이들'이 등장하는데, 그것들은 인공의 세계와 자연의 세계로 나누어질 수 있습니다. 인공의 세계는 붉은색으로, 자연의 세계는 푸른색으로 그려져 색채의 대비가 두드러집니다. 그 대립된 세계가 서로 고통스럽게 만나고 있는 곳이 바로 폐차장이라는 공간입니다.

　시인은 객관적 관찰자가 되어 폐차장의 이미지를 그려 낼 뿐이지만, 그 시선 속에서 우리는 현대 문명에 대한 비판적 인식을 읽어 낼 수 있습니다. 이처럼 이미지는 눈에 보이는 대상을 실감 있게 그려 내는 것만으로도 시인의 인식을 간접적으로 전달하는 역할을 합니다.

의자 고행

사무원 김기택

이른 아침 6시부터 밤 10시까지 하루도 빠짐없이
그는 의자 고행을 했다고 한다.
제일 먼저 출근하여 제일 늦게 퇴근할 때까지
그는 자기 책상 자기 의자에만 앉아 있었으므로
사람들은 그가 서 있는 모습을 여간해서는 볼 수 없었다고 한다.
점심시간에도 의자에 단단히 붙박여
보리밥과 김치가 든 도시락으로 공양을 마쳤다고 한다.
그가 화장실 가는 것을 처음으로 목격했다는 사람에 의하면

놀랍게도 그의 다리는 의자가 직립한 것처럼 보였다고 한다.

그는 하루종일 손익관리대장경(損益管理臺帳經)과 자금수지심경(資金收支心經) 속의 숫자를 읊으며

철저히 고행업무 속에만 은둔하였다고 한다.

종소리 북소리 목탁소리로 전화벨이 울리면

수화기에다 자금현황 매출원가 영업이익 재고자산 부실채권 등등을

청아하고 구성지게 염불했다고 한다.

끝없는 수행정진으로 머리는 점점 빠지고 배는 부풀고

커다란 머리와 몸집에 비해 팔다리는 턱없이 가늘어졌으며

오랜 음지의 수행으로 얼굴을 창백해졌지만

그는 매일 상사에게 굽실굽실 108배를 올렸다고 한다.

수행에 너무 지극하게 정진한 나머지

전화를 걸다가 전화기 버튼 대신 계산기를 누르기도 했으며

귀가하다가 지하철 개찰구에 승차권 대신 열쇠를 밀어 넣었다고도 한다.

이미 습관이 모든 행동과 사고를 대신할 만큼

깊은 경지에 들어갔으므로

사람들은 그를 '30년간의 장좌불립(長座不立)'이라고 불렀다 한다.

그리 부르든 말든 그는 전혀 상관치 않고 묵언으로 일관했으며
다만 혹독하다면 혹독할 이 수행을
외부압력에 의해 끝까지 마치지 못할까 두려워했다고 한다.
그나마 지금껏 매달릴 수 있다는 것을 큰 행운으로 여겼다고
한다.
그의 통장으로는 매달 적은 대로 시주가 들어왔고
시주는 채워지기 무섭게 속가의 살림에 흔적없이 스며들었
으나
혹시 남는지 역시 모자라는지 한번도 거들떠보지 않았다고
한다.
오로지 의자 고행에만 더욱 용맹정진했다고 한다.
그의 책상 아래에는 여전히 다리가 여섯이었고
둘은 그의 다리 넷은 의자다리였지만
어느 둘이 그의 다리였는지는 알 수 없었다고 한다.

—『사무원』, 창작과비평사 1999

시적 상상력은 막연한 공상이 아니라 대상에 대한 치밀한 관
찰에서 시작됩니다. 그러니 좋은 시를 쓰고자 한다면 무엇보다
도 대상을 제대로 보는 법부터 배워야 합니다. 릴케의 『말테의

수기』에서 젊은 시인 말테는 수시로 "나는 보는 법을 배우고 있다"고 말합니다.

섬세한 관찰력은 시인에게만 필요한 게 아닙니다. 과학자나 철학자에게도 관찰은 발견과 사유의 중요한 출발점이 되지요. 니체는 『우상의 황혼』에서 "사람들은 보는 것을 배우지 않으면 안 된다. 보는 것을 배운다는 것은 눈에 침착성과 인내의 습관을 주어서 사물 쪽에서 다정하게 가까이 걸어오도록 눈을 길들이는 것이다"라고 말하기도 했습니다.

한국 시인 중에서 탁월한 관찰자로 저는 김기택을 들고 싶습니다. 김기택 시의 투시적 상상력과 해부학적 묘사는 예리하고 끈질긴 관찰을 통해 나온 것이니까요. 그의 시선은 마치 엑스레이 광선처럼 시적 대상의 외부적인 특징뿐 아니라 몸속에 내재한 본능과 사회적 억압의 흔적까지도 읽어 냅니다. 언젠가 시인은 한 인터뷰에서 이렇게 말했습니다.

내가 시적인 관심을 두는 것은 사람이나 동물의 어떤 '행동'이에요. 예를 들면 울음이나 웃음, 하품, 앉아 있는 모습 등 얼핏 당연해 보이는 그 움직임 속에 내재해 있는 어떤 '본능'이나 그것이 이루어지는 과정을 좀 더 정밀하게 보려고 하지요. (중략) 「사무원」 같은 시도, 의자에 앉아 있는 생활을 다리가 여섯 개라고 표현하면서 의자 다리와 사람 다리가 구별이 가지 않을 만큼 고착화된 상태를 아이러니적으로 보여 주려고 한 것이지요. 본능이 가장 극단적으로 억압된 상황 속에서 몸이 어떻게 반응하는가, 이런 문제들이 제겐 흥미롭게 느껴지곤 해요.

김기택의 「사무원」은 새벽부터 밤늦게까지 의자에 앉아 일하는 사무원의 일상을 고행자의 풍모로 그려 내고 있습니다. 그에 따라 근무는 고행으로, 도시락은 공양으로, 서류장부는 손익관리대장경과 자금수지심경으로, 전화벨은 종소리 북소리 목탁소리로, 보고는 염불로, 인사는 108배로, 월급은 시주로 변주되지요. 그야말로 '30년간의 장좌불립(長座不立)'이라고 부를 만한 고단한 노동이 그의 육체를 의자의 일부처럼 보이게 만든 것이지요. 사람의 두 다리가 네 개의 의자다리와 구분할 수조차 없는 상황은 기계화되고 사물화된 현대인의 일상을 극명하게 대변해 줍니다.

그런데 이 시의 화자는 그런 풍자적 의도를 직접 표명하는 게 아니라 시종 객관적인 보고자의 태도를 취합니다. 모든 문장이 '-다고 한다'로 끝맺는 것도 화자의 개입을 배제하고 전달자의 역할에 충실하기 때문이지요. 하지만 희극적인 묘사와 아이러니적 어법을 통해 독자는 현대 사회의 억압적 체제에 대한 비판적 전언을 스스로 끌어낼 수 있습니다. 좋은 시는 대상을 설명하는 게 아니라 눈앞에 생생하게 보여 줌으로써 독자로 하여금 스스로 생각하게 만듭니다.

> 콧김과 입김이 심상치 않더니
> 코와 입과 턱에 근육이 돋더니
> 입이 공기를 크게 베어 물며 열린다.
> 턱뼈에 무게를 싣고
> 느리지만 힘차게 벌어지는 입.
> 얼굴의 중앙을 한껏 밀어 올린 정점에서
> 입은 숨을 멈추고 잠시 정지해 있다.
> 포효하는 지루한 침묵.
> 나태 속의 짧은 긴장.
>
> ─「하품」부분

지하철에서 신문을 보던 사람이 갑자기 하품하는 순간을 포착한 이 시 역시 『사무원』에 들어 있는데요. 불과 몇십 초 동안 안면 근육에 나타난 변화를 38행에 걸쳐 아주 자세하게 묘사하고 있습니다. 마치 하품하는 사람의 얼굴에 확대경을 가져다 댄 것처럼 말이죠. 하지만 이 시의 묘사가 뛰어난 이유는 세부적 항목에 충실하기 때문만은 아닙니다. 독특한 렌즈로 대상을 포착하고 변형함으로써 사소하고 낯익은 대상도 새롭게 발견해 냈기 때문이지요.

이 시의 대부분은 하품하는 사람의 생리적 반응을 전달하는 데 바쳐지고 있습니다. 하지만 시인이 그 묘사를 통해 정작 전달하려는 것은 지하철이라는 공간을 통해서 본 도시적 일상입니다. 하품 끝에 "이렇게 소화 안 되는 공기는 처음"이라고 중얼거리며 이내 무료한 표정으로 돌아가는 장면을 통해 사람이 지하철이라는 거대한 괴물의 '턱없이 작은 콧구멍'에 불과하다는 것을 깨닫게 되지요.

이처럼 김기택의 시는 관찰과 묘사에 힘입은 바 크지만, 그에게 보는 법이란 시각적인 감각에 국한된 것이 아닙니다. 제대로 본다는 것은 온몸의 감각을 동원해서 대상을 감지하고 거기에 자신의 생각을 앉히는 끈질긴 과정을 의미합니다. 이때의 대상은 아주 작고 평범한 것이어도 됩니다. 고요한 물 위에서 편두콩만 한 찌가 조금만 움직여도 시인의 상상력은 물 밑을 오가는 물고기처럼 분주하게 움직일 수 있으니까요.

물로 지은 방

눈물 한 방울　김혜순

　　그가 핀셋으로 눈물 한 방울을 집어 올린다. 내 방이 들려 올라
간다. 물론 내 얼굴도 들려 올라간다. 가만히 무릎을 세우고 앉아
있으면 귓구멍 속으로 물이 한참 흘러들던 방을 그가 양손으로
들고 있는 것 같은 착각이 든다. 그가 방을 대물렌즈 위에 올려놓
는다. 내 방보다 큰 눈이 나를 내려다본다. 대안렌즈로 보면 만화
경 속 같을까. 그가 방을 이리저리 굴려 본다. 훅훅 불어 보기도
한다. 그의 입김이 닿을 때마다 터뜨려지기 쉬운 방이 마구 흔들
린다. 집채보다 큰 눈이 방을 에워싸고 있다. 깜빡이는 하늘이 다

가든 것만 같다. 그가 렌즈의 배수를 올린다. 난파선 같은 방 속에 얼음처럼 찬 태양이 떠오르려는 것처럼, 한 줄기 빛이 들어온다. 장롱 밑에 떼 지어 숨겨 놓은 알들을 들킨다. 해초들이 풀어진다. 눈물 한 방울 속 가득 들어찬, 몸속에서 올라온 플랑크톤들도 들킨다. 그가 잠수부처럼 눈물 한 방울 속을 헤집는다. 마개가 빠진 것처럼 머릿속에서 소용돌이가 일어난다. 한밤중 일어나 앉아 내가 불러낸 그가 나를 마구 휘젓는다. 물로 지은 방이 드디어 참지 못하고 터진다. 눈물 한 방울 얼굴을 타고 내려가 번진다. 내 어깨를 흔드는 파도가 이 어둔 방을 거진 다 갉아먹는다. 저 멀리 먼동이 터오는 창밖에 점처럼 작은 사람이 개를 끌고 지나간다.

　　　　　　　　　　　　　—『불쌍한 사랑 기계』, 문학과지성사 1997

　피시아이(fish-eye) 카메라를 본 적 있나요? 어안 렌즈를 활용한 이 사진기는 물고기의 눈에 비친 세상처럼 180도 시야의 넓은 공간을 원형의 작은 이미지로 잡아낼 수 있습니다. 일종의 왜곡을 통해 피사체를 새롭게 찍을 수 있을 수 있는 렌즈인데요. 그 효과를 최대한 살리기 위해서는 피사체에 바짝 대고 찍어야 합니다.

시인이 사물을 바라보는 눈을 카메라의 렌즈에 비유할 수도 있겠죠. 이 시를 읽으면서 여러분이 떠올린 '눈/렌즈'는 무엇이었나요? 우리는 사진기가 대상을 있는 그대로 재현한다고 믿지만, 어떤 렌즈를 사용하느냐에 따라 같은 대상도 아주 다르게 포착되는 걸 볼 수 있습니다. 사진이 기록의 도구에 그치지 않고 독자적인 예술로 발전할 수 있었던 것도 이러한 미적 왜곡 덕분이었지요. 시인이 대상을 감각적으로 포착해서 이미지로 표현할 때도 마찬가지입니다. 시인의 시선이 대상에 닿을 때 거기에서도 굴절과 왜곡이 생겨납니다.

이 시는 눈물 한 방울을 매개로 '보는 주체―그'와 '보이는 대상―나' 사이의 관계를 역동적으로 그리고 있습니다. '그'는 눈물 한 방울을 대물렌즈 위에 올려놓고 관찰하고 있습니다. 그런데 그 눈물 한 방울은 '나'의 방이기도 해요. 그러니 '그'가 둥근 방을 집어 올리고, 내려다보고, 이리저리 굴려 보고, 훅훅 불어 보고 하는 동안 '나'는 계속 울렁거릴 수밖에 없지요.

'그'가 대물렌즈로 눈물 한 방울을 들여다본다면, 눈물 한 방울 속의 '나'는 대안렌즈로 바깥세상을 보고 있습니다. '그'의 눈이 집채보다 더 크게 보이는 것도 그래서겠죠. 대물렌즈와 대안렌즈가 뭐냐구요? 대물렌즈가 물체를 향한 쪽의 렌즈를 말한다면, 대안렌즈는 눈에 가까이 닿는 쪽의 렌즈를 말합니다.

그런데 흥미로운 것은 시인이 대물렌즈와 대안렌즈를 오가는 겹눈을 지니고 있다는 사실입니다. 덕분에 대상의 크기를 고무공처럼 늘였다 줄였다 할 수 있고, 서로 다른 렌즈의 경계를 자유롭게 드나들 수도 있지요. 뿐만 아니라 '보는 주체—그'와 '보이는 대상—나'도 서로 드나들며 자리를 바꾸기도 합니다.

여러분도 눈물 한 방울을 하나의 방으로 상상해 보세요. 그리고 그 방이 출렁거리다 터져서 마침내 바다가 되는 장면을 떠올려 보세요. 마치 이스트를 넣은 빵이 부풀듯이, 시인의 상상력을 따라가다 보면 몸속의 이미지들이 아메바처럼 꿈틀거리며 증폭되는 걸 느낄 수 있을 거예요.

그런 점에서 저는 김혜순 시인의 시를 '상상력의 백신 (vaccine)'이라고 부르고 싶습니다. 그녀의 언어는 병원균으로 가득하지만, 그 백신을 맞고 나면 상상력의 세포들이 훨씬 활성화되니까요. 따라서 이런 시를 머리로만 읽어서는 그 속도와 실감을 따라갈 수 없습니다. 몸과 마음으로 시의 이미지들을 떠올려 보고 직접 느껴야 합니다. 스스로 '이미지를 살아낸다(生)'고 할 수 있을 정도로 말이지요.

자아, 눈을 감아 보세요. 이제 '나'는 눈물 한 방울 속에 들어 있어요. 그가 나의 방을 들어 올려 대물렌즈 위에 올려놓을 때 그 촉감이나 온도는 어떤가요? 밖에서 방의 안쪽을 들여다보고 있는 그의 커다란 눈동자도 보이나요? 그의 입김에 의해 방이 마구 흔들릴 때, 난파선과도 같은 방에서 무슨 생각을 하고 있나요?

그런데 저기, 한 줄기 빛이 들어오네요. 어쩌면 좋지요, 장롱 밑에 숨겨 놓은 알들과 해초들, 플랑크톤들을 다 들켜 버렸어요. 그것들 때문에 눈물 한 방울은 온통 깊은 바닷속 같아요. 그가 잠수부처럼 눈물을, 방을, 바다를, 나를, 마구 헤집고 휘젓습니다.

드디어, 드디어, 물로 지은 방은 터지고 맙니다. 그 순간 '나'는 눈물의 방 바깥으로 흘러 나가고, 눈물 한 방울은 내 얼굴을 타고 흘러내리지요. 그런데도 '나'는 여전히 파도가 출렁대는 '이 어둔 방'에 있습니다. 아아, 여기가 어디지요? 자, 눈을 뜨세요. 이제 여러분이 눈을 감기 전과 다른 곳에 있게 되었다면, 또는 눈물 한 방울 속에서 길을 잃었다면, 이 시의 이미지를 제대로 살아낸 것입니다.

김혜순의 시에서 '살아간다'는 말은 '움직인다'는 말과 동의어라고 할 수 있습니다. 그 움직임을 가능하게 하는 매개가 바로 '몸'이지요. 그의 시가 어렵게 느껴지는 이유는 몸으로 씌어진 언어를 머리로 읽으려고 하는 데서 비롯된 것인지도 모릅니다. 시인의 산문 「있는가 하면 없고, 없는가 하면 있는」의 한 대목을 볼까요.

이곳에 나의 몸이 있다. 너의 눈으로 더 잘 보이는 물체로서의 육체다. 그와 동시에 이곳에 또 다른 나의 몸이 있다. 구멍이 숭숭 뚫린, 나의 체험들이 쌓인 몸이다. 그러나 이 두 몸은 내가 '몸'이라고 부르는 곳에서 구별되지 않고 뭉뚱그려져 있다. 나는 끊임없이 이 '몸'을 가지고 이 '몸' 밖으로 터져 나가려고 한다. 몸 밖에서 몸을 안으려 하기도 하며, 몸 안에서 몸을 안아 보려고 하기도 한다. 이것이 나의 육체성이다. 대상으로서의 몸이 아니라, 체험된 몸, 육체적 존재로서의 영혼, 우연적 존재로서의 몸 말이다.

시인의 몸속에는 또 다른 몸이 살고 있습니다. 자신의 몸 밖으로 터져 나가려는 몸과 몸 안에서 몸을 안으려는 몸은 서로 요동칩니다. 하지만 구멍이 숭숭 뚫린 그 몸이야말로 시가 무궁무진하게 태어나는 자궁이기도 합니다. 그런 격렬한 움직임이 이 시에서는 눈물 한 방울의 얇은 막(膜) 위에서 일어나고 있는 것이지요.

버무린다는 느낌

어두워지는 순간   문태준

어두워지는 순간에는 사람도 있고 돌도 있고 풀도 있고 흙덩이도 있고 꽃도 있어서 다 기록할 수 없네

어두워지는 것은 바람이 불고 불어와서 문에 문구멍을 내는 것보다 더 오래여서 기록할 수 없네

어두워지는 것은 하늘에 누군가 있어 버무린다는 느낌,

오래오래 전의 시간과 방금의 시간과 지금의 시간을 버무린다는 느낌,

사람과 돌과 풀과 흙덩이와 꽃을 한사발에 넣어 부드럽게 때

로 억세게 버무린다는 느낌,

어두워지는 것은 그래서 까무룩하게 잊었던 게 살아나고 구중
중하던 게 빛깔을 잊어버리는 아주 황홀한 것,

오늘은 어머니가 서당골로 산미나리를 얻으러 간 사이 어두워
지려 하는데

어두워지려는 때에는 개도 있고, 멧새도 있고, 아카시아 흰 꽃
도 있고, 호미도 있고, 마당에 서 있는 나도 있고…… 그 모든 게
있어서 나는 기록할 수 없네

개는 늑대처럼 오래 울고, 멧새는 여울처럼 울고, 아카시아 흰
꽃은 쌀밥덩어리처럼 매달려 있고, 호미는 밭에서 돌아와 감나
무 가지에 걸려 있고, 마당에 선 나는 죽은 갈치처럼 어디에라도
영원히 눕고 싶고…… 그 모든 게 달리 있어서 나는 기록할 수
없네

개는 다른 개의 배에서 머무르다 태어나서 성장하다 지금은
새끼를 밴 개이고, 멧새는 좁쌀처럼 울다가 조약돌처럼 울다가
지금은 여울처럼 우는 멧새이고, 아카시아 흰 꽃은 여러 날 찬밥
을 푹 쪄서 흰 천에 쏟아 놓은 아카시아 흰 꽃이고…… 그 모든
게 이력이 있어서 나는 기록할 수 없네

오늘은 어머니가 서당골로 산미나리를 베러 간 사이 어두워지
려 하는데

이상하지, 오늘은 어머니가 이것들을 다 버무려서

서당골에서 내려오면서 개도 멧새도 아카시아 흰 꽃도 호미도 마당에 선 나도 한사발에 넣고 다 버무려서, 그 모든 시간들도 한꺼번에 다 버무려서

어머니가 옆구리에 산미나리를 쩌 안고 집으로 돌아왔을 때 세상이 다 어두워졌네

—『맨발』, 창비 2004

문태준 시인은 이미지의 세공을 통해 자연을 심미화하고 그것을 감각적으로 표현하는 데 능숙한 솜씨를 보여 줍니다. 「어두워지는 순간」이라는 시도 어두워지는 풍경의 미묘한 변화와 음영을 잘 그려 내고 있습니다. 사실 어두워지는 순간은 '살구꽃이 살구 열매를 맺는 사이'(「살구꽃은 어느새 푸른 살구 열매를 맺고」)처럼 묘사하기도 쉽지 않지요. 그런데 시인은 그 시간의 틈을 비집고 들어가 무수한 '겹'을 지닌 새로운 시간을 창조해 냅니다.

이 시에서 해 질 무렵 사물들이 또렷한 경계를 지우며 서로 섞여 드는 모습은 '버무리다'라는 동사로 압축될 수 있는데요. 다양한 비유와 묘사가 반복되거나 나열되는 시행의 구조 역시 순연한 반죽이나 되새김질을 연상시킵니다. 이 충일한 서정적 순간

속에서 "오래오래 전의 시간과 방금의 시간과 지금의 시간"이 버무려지고, "사람과 돌과 풀과 흙덩이와 꽃"이 함께 버무려집니다.

원래 서정시란 하나의 순간 속에 과거와 현재와 미래를 모두 통합함으로써 '영원한 현재'를 창조하는 양식이지요. 그 서정적 순간 속에서 자아와 세계는 우주적 합일을 이루게 됩니다. 서정시의 이러한 정의에 문태준의 시는 가장 잘 부합한다는 생각이 듭니다. 그럼, 서정시의 전통이나 토속적인 세계에 친연하면서도 그의 시가 현대적으로 느껴지는 이유는 무엇일까요? 그것은 소재나 시어의 새로움보다는 시어와 시어를 연결하는 조어법(造語法)에 있는 듯합니다.

그 조어법은 주체가 대상을 흡수하는 전통적 서정시와는 달리 시인이 대상 속으로 들어가 그들의 일부가 되는 데서 생겨난 것입니다. "어두워지려는 때에는 개도 있고, 멧새도 있고, 아카시아 흰 꽃도 있고, 호미도 있고, 마당에 서 있는 나도 있고……"에서 모든 사물은 대등하게 공존하고 있습니다. 과거와 현재, 인간과 자연이 자연스럽게 하나가 되면서도 각각의 개별성을 잃어버리지 않은 상태. 이렇게 '있음'은 '또 다른 있음'을 억압하거나 통합하지 않습니다. '마당에 서 있는 나' 역시 그 사물들 중 하나로 겸손하게 존재할 따름입니다.

여기서 서정적 주체는 이렇게 고백합니다. "그 모든 게 달리 있어서 나는 기록할 수 없네"라고요. 이것은 사물들의 고유한 존재 방식을 존중하고 그것을 규정하는 어떤 서정적 통제도 포기하겠다는 뜻으로 읽힙니다. 그런 배려와 공존의 태도가 문태준의 시를 수많은 타자들이 '수런거리는 뒤란'으로 만들어 줍니다.

그렇다면 이 서정적 순간을 조율하는 주체는 누구일까요? 시인은 "하늘에 누군가 있어"라고 대답합니다. 시 속에서 좀 더 구체적인 형상을 찾자면 그 존재는 '어머니'일 것입니다. 어머니가 서당골로 산미나리 얻으러 갔다가 옆구리에 산미나리를 쪄 안고 집으로 돌아오는 사이에 세상이 다 어두워졌기 때문이지요. 어머니는 마당에 부재하면서도 그 모든 존재와 시간을 버무려서 마당을 어두워지게 합니다.

문태준 시인이 그리려고 하는 대상은 이처럼 "내가 만질 수 없었던 것들/앞으로도 내가 만질 수 없을 것들"(「살구꽃은 어느새 푸른 살구 열매를 맺고」)입니다. 어두워지는 순간이나 "살구꽃이 어느새 푸른 살구 열매를 맺고/이 사이"를 무어라 명명하고 싶어 하지요. 만질 수 없는 것을 만져지는 것처럼 그려 내고, 서로 다른 존재들을 결합하기 위해 그가 즐겨 쓰는 방법은 '직유'입니다.

"개는 늑대처럼 오래 울고, 멧새는 여울처럼 울고, 아카시아 흰 꽃은 쌀밥덩어리처럼 매달려 있고, 호미는 밭에서 돌아와 감나무 가지에 걸려 있고, 마당에 선 나는 죽은 갈치처럼 어디에라도 영원히 눕고 싶고……"에서 직유는 자연물과 자연물, 자연물과 인간을 연결하는 매개 역할을 하고 있습니다. 그런가 하면 "멧새는 좁쌀처럼 울다가 조약돌처럼 울다가 지금은 여울처럼 우는 멧새"에서 직유는 멧새의 울음이 시간에 따라 변화하는 과정을 표현함으로써 "그 모든 게 이력이 있"음을 느끼게 합니다.

'직유는 은유의 가난한 친척'이라는 말이 있지만, 문태준의 시에서 직유는 은유보다 열등한 수사법이 아닙니다. 상식적인 유사성에 의해 맺어진 비유의 한 종류에 그치지도 않습니다. 그에게 직유는 만물의 친연성을 드러내고 그들에 대한 지극한 공경을 표현하는 수사적 태도에 가깝습니다. 사물들이 서로 경계를 허물며 미묘하게 변화하는 모습도 그는 직유에 기대어 표현합니다.

사실 직유뿐 아니라 모든 비유는 근본적으로 '만물이 하나'라는 유비적(類比的) 세계관에 뿌리를 두고 있다고 할 수 있습니다. 그러한 인식은 근대의 자연관이나 선형적 시간 의식과는 대척점에 자리 잡고 있지요. 따라서 좋은 비유는 만물에 대한 열린 마음과 감각이 깊이 체화될 때 나올 수 있는 것입니다. 다른 대상들을 원관념과 보조 관념으로 연결한다는 것 자체가 그것을 넘나드는 상상력이 없이는 불가능하니까요. 비유와 묘사가 단순히 수사적 새로움을 위해서만 필요한 게 아니라는 것을 문태준의 시는 잘 보여 줍니다.

5

감추면서 드러낼 수 있는가

은유와 상징

5. 감추면서 드러낼 수 있는가

은유와 상징

시가 어렵다고 여겨지는 이유는 직설적인 표현보다 에둘러 말하기를 즐겨 하고, 모순되는 진술들이 공존하기 때문이지요. 시에서 에둘러 말하기, 감추면서 드러내기의 대표적인 방식으로 은유와 상징을 들 수 있는데요. 그로 인해 의미가 모호하고 난해해지는 것은 사실입니다. 하지만 같은 시를 놓고도 다양한 해석이 가능하고 여러 번 읽어도 그 의미가 쉽게 탕진되지 않는 것은 은유와 상징이 지닌 매력이기도 합니다.

일찍이 상징주의자들은 보이는 현실 너머의 세계에 관심을 가지면서 "상징은 신비의 해독(解讀)", "상징은 유한 속의 무한"이라고 했습니다. 그들이 보이지 않는 세계의 비의(秘意)를 탐구하려고 했던 것은 근대의 이성주의와 실증주의의 한계를 넘어서기 위해서였습니다. 상징주의의 발원지인 보들레르의 시에서도 자연은 "하나의 신전"으로 여겨집니다. 그 신전의 기둥들에서 흘러나오는 "알 수 없는 말들"을 받아 적기 위해 시인은 "상징의 숲"으로 향합니다.

> 자연은 하나의 신전이며, 그 속에서
> 살아 있는 기둥들이 때로 알 수 없는 말들을 흘려보낸다
> 시인은 친근한 눈길로 자기를 지켜보는
> 상징의 숲을 가로질러 그리로 들어가네
>
> ─보들레르「상응」부분

'상징(symbol)'은 희랍어 'symbolon'에서 왔는데, 이것은 '표시, 동전' 등을 의미했다고 합니다. 그러니까 쪼개진 동전을 합쳐서 맞추듯이, 상징은 보이는 세계와 보이지 않는 세계를 하나로 결합하는 언어 양식인 것이지요. 상징은 제도적 상징부터 관습적 상징, 문학적 상징에 이르기까지 그 층위가 매우 다양합니다.

하나의 상징 속에는 오랜 세월 동안 다양한 의미들이 축적되어 왔기 때문에 그 해석의 가능성이 무한하게 열려 있습니다. 시

인이 새로운 문학적 상징을 발굴해 내는 것은 그러한 보편적 상징의 지평 위에서입니다. 따라서 시에서 상징을 이해할 때는 문화적 맥락이나 집단적 무의식을 함께 고려해야 합니다. 또한 부분적 표현보다는 시 전체를 통해서 그 상징 형식이 어떻게 발현되고 있는가를 살펴야 합니다.

집단적이고 원형적인 '상징'에 비해 '은유'에서는 시인의 개별적이고 독창적인 인식이 좀 더 자유롭게 발현될 수 있습니다. '은유(metaphor)'는 희랍어로는 'meta(너머로)'와 'phora(가져가다)'가 합쳐진 말로, 한 사물이나 개념이 다른 사물이나 개념으로 전이(轉移)되면서 원관념과 보조 관념이 동일화되는 것을 의미합니다. 은유를 흔히 'A=B'라는 도식으로 설명하는 것도 그래서입니다.

시인이 함께 호명함으로써 아무 관계도 없던 A와 B 사이에는 새로운 의미망이 생겨납니다. 물론 A와 B 사이에는 최소한의 유사성이나 인접성이 있어야겠지요. 양자의 유사성이 강한 경우를 은유로, 인접성이 강한 경우를 환유로 구별해서 부르기도 합니다. 은유든 환유든 시인이 표현하고자 하는 것은 A나 B 자체가 아니라 그 사이에서 끊임없이 유동하는 미묘한 의미들입니다. 은유가 불러일으키는 연상 작용에 의해 A이기도 하고 B이기도 한 어떤 것, 또는 A도 B도 아닌 제3의 의미가 생성되는 것이지요.

사랑하는 나의 하나님, 당신은

늙은 비애다.

푸줏간에 걸린 커다란 살점이다.

시인 릴케가 만난

슬라브 여자의 마음속에 갈앉은

놋쇠 항아리다.

손바닥에 못을 박아 죽일 수도 없고 죽지도 않는

사랑하는 나의 하나님, 당신은 또

대낮에도 옷을 벗는 어리디어린

순결이다.

삼월에

젊은 느릅나무 잎새에서 이는

연둣빛 바람이다.

— 김춘수 「나의 하나님」 전문

　이 시는 '나의 하나님'을 '당신'으로 호명하면서 그 이미지를
다섯 개의 은유적 문장으로 표현하고 있습니다. '나의 하나님'
이라는 원관념에 대하여 '늙은 비애', '커다란 살점', '놋쇠 항아
리', '어리디어린 순결', '연둣빛 바람'이라는 보조 관념들이 각

각 등가적 관계를 이루고 있지요. 그런데 이 다섯 개의 보조 관념들은 서로 연관성이 없어 보이거나 상반된 느낌조차 들기도 합니다. 바로 그 점이 '나의 하나님'의 이미지를 중층적으로 만들어 줍니다.

은유와 환유를 대립적인 담론 체계로 파악했던 미국의 언어학자 야콥슨에 따르면, 은유는 유사성의 원리에 따라, 환유는 인접성의 원리에 따라 생성됩니다. 은유가 의미의 동일성과 보편성을 중시한다면, 환유는 의미의 개별성과 특수성을 중시하는 담론 방식입니다. 이처럼 은유와 환유는 서로 대립적이기까지 하지만, 실제로 한 편의 시에서는 씨줄과 날줄처럼 연결되어 있는 경우가 많습니다. 만일 이 시에 나타난 보조 관념들이 유사했다면 '나의 하나님'이 지닌 이미지는 상당히 빈곤해졌을 것입니다.

여기서도 알 수 있듯이, 은유적 표현에서 원관념과 보조 관념의 적절한 거리는 매우 중요합니다. 원관념과 보조 관념이 너무 동떨어지면 연관성을 찾지 못해 은유의 해석이 불가능할 것이고, 그 거리가 너무 가까우면 식상한 비유에 그치고 말 테니까요. 두 손가락 사이에 걸린 고무줄처럼 적절한 탄성이 있어야 독창적이고 풍부한 은유가 될 수 있습니다. 김춘수 시인이 "3할은 알아듣게/아니 7할은 알아듣게 그렇게/말을 해 가다가 어딘가/얼른 눈치채지 못하게/살짝 묶어 두게"(「시인」)라고 한 것도 은유의 탄력성을 강조한 것이지요.

일찍이 나는 아무것도 아니었다.
마른 빵에 핀 곰팡이
벽에다 누고 또 눈 지린 오줌 자국
아직도 구더기에 뒤덮인 천 년 전에 죽은 시체.

아무 부모도 나를 키워 주지 않았다
쥐구멍에서 잠들고 벼룩의 간을 내먹고
아무 데서나 하염없이 죽어 가면서
일찍이 나는 아무것도 아니었다

(중략)

내가 살아 있다는 것,
그것은 영원한 루머에 지나지 않는다.

— 최승자 「일찍이 나는」 부분

김춘수의 「나의 하나님」과는 여러모로 대조적인 이 시는 "일
찍이 나는 아무것도 아니었다"는 자기 부정에서 출발합니다. 자

신을 "허무의 사제"라고 불렸던 시인은 삶 자체를 이미 죽음으로 점철된 것으로 파악하고 있습니다. 이러한 비극적 실존 의식은 1연에 축조된 은유들을 통해 그 구체적인 이미지를 얻게 되는데요. 1연에서 원관념 '나'에 대한 보조 관념들은 '곰팡이', '오줌 자국', '죽은 시체' 등입니다. 오랫동안 방치된 가난과 치욕을 연상시키는 이 이미지들은 유사성이 비교적 강한 편이지요.

  2연에서도 '쥐구멍', '벼룩의 간' 등 치욕의 이미지들이 등장합니다. 그만큼 세계에 대한 부정적 인식이 시 전체를 관통하고 있다고 할 수 있습니다. '나'에게 살아간다는 것은 "하염없이 죽어 가"는 과정에 불과합니다. 삶의 근거를 어디에서도 찾을 수 없는 '나'는 그러한 상실과 죽음 자체를 생래적 조건으로 받아들이고 있는 것이지요. 이러한 죽음에의 열망은 결국 "내가 살아 있다는 것, 그것은 영원한 루머에 지나지 않는다"는 진술로 압축됩니다.

  이 시에서 은유는 의미의 모호성이나 풍요로움을 높이기 위해 동원된 수사법이 아닙니다. 은유적 문장이지만 어떤 직설적인 문장보다도 선명한 전언을 들려주고 있으니까요. 부조리한 세계를 폭로하기 위해 치열한 자기 부정을 감행하는 시인에게 은유는 존재론 자체입니다. 세계가 이렇게 깊이 병들어 있음을 스스로 곰팡이가 되고, 오줌 자국이 되고, 죽은 시체가 되어서 증언하

고 있는 것이지요. 그런 점에서 이 은유들은 통상적인 비유의 한
계를 훌쩍 넘어섭니다.

　　그러니까 사랑한다는 말은 증발하기 쉬우므로
　　쉽게 꺼내지 말 것
　　너를 위해 나도 녹슬어 가고 싶다, 라든지
　　비 온 뒤에 햇빛 쪽으로 먼저 몸을 말리려고 뒤척이지는 않
　　겠다, 라든지
　　그래, 우리 사이에는 은유가 좀 필요한 것 아니냐?

　　생각해 봐
　　한쪽 면이 뜨거워지면
　　그 뒷면도 함께 뜨거워지는 게 양철 지붕이란다
　　　　　　　　　　　　　　　　　—안도현 「양철 지붕에 대하여」 부분

　　이 시는 은유의 필요성을 양철 지붕의 은유를 통해 들려주고
있습니다. 우리가 어떤 대상을 깊이 이해하고 사랑하기 위해서
는 에둘러 가야 할 때가 있습니다. 은유도 마찬가지입니다. 세계
를 좀 더 깊이 이해하기 위해서는 충분한 감각과 사유의 과정을
필요로 합니다. 시인은 "삶이란, 버선처럼 뒤집어 볼수록 실밥이

많은 것"이라고 말합니다. 그런 삶의 이면을 제대로 담아내기 위해서는 은유나 상징이 필요하다는 것이지요. 마치 한쪽 면이 뜨거워지면 그 뒷면도 함께 뜨거워지는 양철 지붕처럼, 은유는 삶의 양면성을 포착할 수 있는 인식이자 기술입니다.

무언가 안 되고 있다

극지(極地)에서   이성복

무언가 안 될 때가 있다

끝없는, 끝도 없는 얼어붙은 호수를
절룩거리며 가는 흰, 흰 북극곰 새끼

그저, 녀석이 뜯어먹는 한두 잎
푸른 잎새가 보고 싶을 때가 있다

소리라도 질러서, 목쉰 소리라도 질러
나를, 나만이라도 깨우고 싶을 때가 있다

얼어붙은 호수의 빙판을 내리찍을
거뭇거뭇한 돌덩어리 하나 없고,

그저, 저 웅크린 흰 북극곰 새끼라도 쫓을
마른나무 작대기 하나 없고,

얼어붙은 발가락 마디마디가 툭, 툭 부러지는
가도 가도 끝없는 빙판 위로

아까 지나쳤던 흰, 흰 북극곰 새끼가
또다시 저만치 웅크리고 있는 것을 볼 때가 있다

내 몸은, 발걸음은 점점 더 눈에 묻혀 가고
무언가 안 되고 있다

무언가, 무언가 안 되고 있다

—『문학 판』 2006년 겨울호

한국 현대 시에서 '극지의 정신'을 보여 준 시인으로 흔히 이육사를 꼽습니다. 이육사의 시 「절정」, 「광야」, 「꽃」 등에 등장하는 북방, 고원, 광야, 툰드라는 모두 극지를 표상하는 시적 공간들이지요. 시인은 그 극한적 상황을 초극하려는 강렬한 의지를 남성적 목소리로 노래합니다. "겨울은 강철로 된 무지개"(「절정」)라는 역설 역시 절망의 극한에서 발견한 희망을 상징합니다.

여기, 극지를 노래한 또 다른 시가 있습니다. 이성복의 「극지(極地)에서」는 극한의 공간을 그리고 있지만, 그 공간을 내면화하는 방식은 이육사의 시와는 대척점에 있습니다. 이 시에는 이육사의 시에서처럼 빛나는 '절정'이 없습니다. 보이는 것이라곤 얼어붙은 호수와 흰 북극곰 새끼뿐, 푸른 잎새도 마른나무 작대기 하나도 보이지 않습니다.

"가도 가도 끝없는 빙판"을 걸어가면서 '나'의 "발걸음은 점점 더 눈에 묻혀 가고", "얼어붙은 발가락 마디마디가 툭, 툭 부러지는" 소리가 들릴 뿐입니다. "끝없는, 끝도 없는 얼어붙은 호수를/절룩거리며 가는 흰, 흰 북극곰 새끼"는 시적 자아가 극지에 살아 있다는 사실을 인지할 수 있는 유일한 대상인 동시에 '나'의 분신처럼 보입니다. 이런 막막함 속에서 '나'는 말합니다. "무언가, 무언가 안 되고 있다"고.

이런 답답한 상황은 극지에 대한 사실적 묘사를 통해서 전달되는 게 아닙니다. '나'의 심리적 고통은 말들의 배치와 호흡을 통해 더 간절하게 드러납니다. 우선 이 시에서 자주 반복되는 시어들을 찾아보세요. 그리고 그 말들 사이에 찍힌 쉼표에 유의해서 천천히 읽어 보세요. 내면에서 무언가 툭, 툭, 부러지는 소리 같은 게 들리지 않나요?

　그리고 자주 반복되는 동사 '있다'와 '없다(고)'에 주목할 필요가 있습니다. 이 시의 구조는 '-할 때가 있다'와 '-하나 없고'를 두 축으로 삼고 있습니다. 2연과 7연을 제외한 모든 연이 이 두 가지 종결 어미를 취하고 있지요. 이 시를 낭독할 때도 '있다'와 '없고'의 긴장을 살려서 읽으면 그 리듬 구조를 느낄 수 있습니다.

　또 하나 중요한 점은, 3연과 6연 앞머리에 놓인 '그저'라는 부사어입니다. 산문과는 달리, 사소해 보이는 부사어나 조사 등이 시에서는 오히려 많은 의미를 함축하거나 미묘한 뉘앙스를 전달해 주곤 합니다. '그저'라는 부사어는 상황을 선택하거나 변화시킬 어떤 힘도 '나'에게 주어져 있지 않음을 나타냅니다. 푸른 잎새를 보고 싶어 하는 바람이나 웅크린 흰 북극곰 새끼라도 쫓는 행위가 어떤 목적이나 의지를 동반한 게 아니라는 것이죠. '나'는 다만 "무언가 안 되고 있다"는 상태를 끊임없이 토로하면서 그 절망감을 견딜 뿐입니다. 나지막하지만 절박한 이 외침이야말로 시인이 전달하려는 시적 진실인 것이지요.

「극지에서」는 2008년 현대문학상 수상작 가운데 한 편인데요. 이성복 시인은 수상 소감에서 이렇게 말했습니다.

문학에 대한 사랑은 불가능한 사랑이면서 동시에 불가능에 대한 사랑이기도 합니다. 하지만 어디 문학에 대한 사랑만이 불가능한 사랑이며, 또한 단지 사랑만이 불가능일까요. 모든 존재, 모든 사태는 불가능이며 그것들을 드러내는 언어 곁에는 필히 불가능이 따라붙습니다. 어쩌면 언어는 불가능을 숨기기 위해서만 존재와 사태를 보여 주는지도 모르겠습니다.

이 시에서도 "무언가 안 되고 있다"는 문장이 세 번이나 몸서리치듯 반복되고 있습니다. 여기서 우리가 읽을 수 있는 것은 "불가능한 사랑이면서 동시에 불가능에 대한 사랑"입니다. 사랑의 지극함은 결국 세계를 온전히 사랑할 수 없다는 겸허한 절망에 도달합니다. 그런 점에서 이 시는 '극지'라는 상징적 공간을 통해 존재론적인 절망을 노래한 것으로 읽을 수 있습니다.

'무언가 안 되고 있다'를 언어의 한계에 대한 고백으로도 읽어볼 수 있겠지요. 이성복 시인의 첫 시집 『뒹구는 돌은 언제 잠 깨는가』에는 존재와 언어의 불가능성에 대한 수많은 질문들이 고통스럽게 이어지고 있습니다. "내가 나를 구할 수 있을까"와 "시(詩)가 시(詩)를 구할 수 있을까"(「어째서 이런 일이 벌어졌을까」)는 시인에게 별개의 질문이 아닙니다. 갇히고 병든 현실과 언어 속에서 손쉽게 정답을 찾거나 초극하지 않고(못하고) 그 불가능한 싸움을 계속하는 것. 이러한 지속성이야말로 강인한 정신에서 나온다는 걸 이성복 시인에게서 발견합니다.

　마지막으로, 북극 탐험가였던 피터 프로이첸의 얘기를 들려드릴까 합니다. 프로이첸은 그린란드에서 엄청난 눈보라와 폭풍 때문에 오랫동안 이글루에 갇혀 지낸 적이 있었습니다. 배고픔과 추위, 그리고 이글루 주변을 맴돌며 으르렁거리는 늑대 울음소리……. 하지만 그에게는 늑대를 쫓을 수 있는 막대기 하나 없었습니다. 그래서 그는 이글루 입구에 나가 정기적으로, 그리고 최대한 큰 소리로 노래를 불렀습니다. 어떤 무기나 도구도 없이 자신을 지키기 위해 그가 할 수 있는 일은 오직 노래를 부르는 것이었습니다. 어쩌면 그 노래는 늑대를 쫓기 위한 것이라기보다는 주저앉으려는 자신을 깨우기 위한 몸부림이었는지도 모릅니다. "소리라도 질러서, 목쉰 소리라도 질러/나를, 나만이라도 깨우고 싶을 때가 있다"는 시인의 말처럼.

그의 영혼은 고드름처럼

이 겨울의 어두운 창문 기형도

어느 영혼이기에 아직도 가지 않고 문밖에서 서성이고 있느냐. 네 얼마나 세상을 축복하였길래 밤새 그 외로운 천형을 견디며 매달려 있느냐. 푸른 간유리 같은 대기 속에서 지친 별들 서둘러 제 빛을 끌어모으고 고단한 달도 야윈 낮의 형상으로 공중 빈밭에 힘없이 걸려 있다

아느냐, 내 일찍이 나를 떠나보냈던 꿈의 짐들로 하여 모든 응시들을 힘겨워하고 높고 험한 언덕들을 피해 삶을 지나다녔더

니, 놀라워라. 가장 무서운 방향을 택하여 제 스스로 힘을 겨누는 그대, 기쁨을 숨긴 공포여, 단단한 확신의 즙액이여.

보아라, 쉬운 믿음은 얼마나 평안한 산책과도 같은 것이냐. 어차피 우리 모두 허물어지면 그뿐, 건너가야 할 세상 모두 가라앉으면 비로소 온갖 근심들 사라질 것을. 그러나 내 어찌 모를 것인가. 내 생 뒤에도 남아 있을 망가진 꿈들, 환멸의 구름들, 그 불안한 발자국 소리에 괴로워할 나의 죽음들.

오오, 모순이여, 오르기 위하여 떨어지는 그대. 어느 영혼이기에 이 밤 새이도록 끝없는 기다림의 직립으로 매달린 꿈의 뼈가 되어 있는가. 곧이어 몹쓸 어둠이 걷히면 떠날 것이냐. 한때 너를 이루었던 검고 투명한 물의 날개로 떠오르려는가. 나 또한 얼마만큼 오래 냉각된 꿈속을 뒤척여야 진실로 즐거운 액체가 되어 내 생을 적실 것인가. 공중에는 빛나는 달의 귀 하나 걸려 고요히 세상을 엿듣고 있다. 오오, 네 어찌 죽음을 비웃을 것이냐 삶을 버려둘 것이냐, 너 사나운 영혼이여! 고드름이여.

—『입 속의 검은 잎』, 문학과지성사 1989

1989년 3월 7일 새벽. 서울의 한 심야 극장에서 숨진 채 발견된 시인, 기형도. 그를 생각하면 지금도 마음 한쪽이 시려 오는 느낌이 들곤 합니다. 왠지 어느 춥고 어두운 곳에서 그의 영혼이 아직도 서성이며 떨고 있을 것만 같습니다. 기형도의 「이 겨울의 어두운 창문」은 그가 살아 있을 때 문밖의 영혼을 위해 불렀던 진혼가(鎭魂歌)인 동시에 자신의 죽음을 예감하는 비가(悲歌)이기도 했군요.

그래서인지 저는 이 시를 읽을 때마다 릴케의 「두이노의 비가」의 선율이 함께 떠오릅니다. 실제로 기형도 시인은 릴케나 예이츠로부터 적지 않은 영향을 받았습니다. 홀로 버려진 자의 슬픔, 상승과 초월에 대한 갈망, 비의적이고 상징적인 시어들, 감탄사와 호격 조사를 동반한 영탄적 어조, 의문문의 나열과 대화체…… 이러한 요소들은 비가들이 대체로 공유하는 특징이기도 합니다. 릴케의 「두이노의 비가」는 이렇게 시작됩니다.

내가 이렇게 소리친들, 천사의 계열 중 대체 그 누가
내 목소리를 들어 줄까? 한 천사가 느닷없이
나를 가슴에 끌어안으면, 나보다 강한 그의
존재로 말미암아 나 스러지고 말 텐데. 아름다움이란
우리가 간신히 견디어 내는 무서움의 시작일 뿐이므로.

「두이노의 비가」에 등장하는 '천사'는 보이는 세계와 보이지 않는 세계를 연결하는 매개자이자, 아름다움과 무서움이 공존하는 대상이지요. 기형도의 「이 겨울의 어두운 창문」은 '고드름'을 향해 부르는 비가이지만, 고드름은 천상과 지상을 연결하는 수직적 정신의 상징이라는 점에서 '천사'와 비슷합니다.

이 시에서 '고드름'은 "밤새 그 외로운 천형을 견디며 매달려 있"는 존재, "가장 무서운 방향을 택하여 제 스스로 힘을 겨누는 그대", "기쁨을 숨긴 공포", "단단한 확신의 즙액", "오르기 위하여 떨어지는 그대", "끝없는 기다림의 직립으로 매달린 꿈의 뼈" "사나운 영혼" 등으로 표현됩니다.

그런데 이 시의 묘미는 '어느 영혼'을 향해 줄곧 말하다가 가장 마지막에 가서 그 원관념이 '고드름'이라는 사실을 드러내는 데 있습니다. 만일 이 시의 제목을 '고드름'으로 붙였다거나 앞부분에 미리 제시해 버렸다면 그 상징적 의미는 훨씬 빈약해졌을 것입니다. 보이는 대상에 갇혀서 보이지 않는 세계의 신비도 상당히 휘발되었겠지요. 다행히 원관념이 유보됨으로써 모순과 불안에 찬 실존의 모습이 끝까지 긴장감을 유지할 수 있었습니다.

기형도의 시에는 고드름뿐 아니라 눈, 진눈깨비, 비, 강물, 안개, 구름 등 물 이미지의 다양한 변형태가 자주 등장합니다. 안개와 구름이 기체화된 물이라면, 비와 강물은 액체화된 물이고, 눈과 진눈깨비와 고드름은 고체화된 물이지요. 일반적으로 물은 우주적 순환을 대표하는 물질로 이해되어 왔지만, 기형도의 시에서 물 이미지는 순환이 정지되거나 유보되어 나타나는 경우가 많습니다. "나 또한 얼마만큼 오래 냉각된 꿈속을 뒤척여야 진실로 즐거운 액체가 되어 내 생을 적실 것인가"에서도 결빙의 상태에서 벗어나고 싶은 바람을 읽을 수 있습니다.

하지만 간절한 기다림에도 불구하고 시인에게 죽음은 너무나 일찍 찾아오고 말았습니다. 이 시의 3연을 보면 시인의 의식 속에 이미 깊이 침윤된 죽음의 그림자를 발견하게 됩니다. "건너가야 할 세상 모두 가라앉으면 비로소 온갖 근심들 사라질 것을"에서는 죽음을 오히려 평화로운 상태로까지 인식하고 있으니까요. 그러나 이어지는 구절인 "내 생 뒤에도 남아 있을 망가진 꿈들, 환멸의 구름들, 그 불안한 발자국 소리에 괴로워할 나의 죽음들"에서는 죽음조차도 환멸과 불안으로부터 자신을 구원해 주지 못하리라는 생각을 내비치기도 합니다. '고드름'으로 상징되는 존재의 모순은 바로 여기에 있습니다.

기형도의 유고 시집 『입 속의 검은 잎』을 그의 죽음과 지나치게 연관시키는 것은 온당한 읽기 방식이라고 볼 수 없지만, 적어도 이 시만큼은 그가 문밖에 서성이는 죽음의 소리를 듣고 있었다는 생각을 갖게 합니다. 그는 세상을 떠나기 불과 몇 달 전 다음과 같은 '시작 메모'를 남겼습니다. 어디로도 스며들지 못하는 결빙의 영혼은 바로 시인 자신이었던 것이지요.

그때 눈이 몹시 내렸다. 눈은 하늘 높은 곳에서 지상으로 곤두박질쳤다. 그러나 지상은 눈을 받아 주지 않았다. 대지 위에 닿을 듯하던 눈발은 바람의 세찬 거부에 떠밀려 다시 공중으로 날아갔다. 하늘과 지상 어느 곳에서도 눈은 받아들여지지 않았다.
그러나 나는 그처럼 쓸쓸한 밤눈들이 언젠가는 지상에 내려 앉을 것임을 안다. 바람이 그치고 쩡쩡 얼었던 사나운 밤이 물러가면 눈은 또 다른 세상 위에 눈물이 되어 스밀 것임을 나는 믿는다. 그때까지 어떠한 죽음도 눈에게 접근하지 못할 것이다.

하늘과 지상 어디에서도 받아들여지지 못한 '쓸쓸한 밤눈'처럼 그의 삶은 사나운 밤이 물러가기 전에 스러져 버리고 말았습니다. 이 시작 메모에 나타난 삶의 확신과 「이 겨울의 어두운 창문」에 나타난 죽음의 예감 사이에서 그의 영혼은 고드름처럼 얼어붙고 말았습니다.

시와 농업, 오래된 미래

농업박물관 소식   이문재
─우리 밀 어린 싹

만일 지금 예수가 오신다면
십자가가 아니라 똥짐을 지실 것이라는
권정생 선생의 글을 읽었다

점심 먹으러 갈 때마다 지나다니는 농업박물관
앞뜰에는 원두막에 물레방아까지 돌아간다
원두막 아래 채 다섯 평도 안 되는 밭에

무언가 심어져 있어서 파랬다
우리 밀, 원산지: 소아시아 이란 파키스탄이라고 쓴
푯말이 세워져 있었다

농업박물관 앞뜰
나는 쪼그리고 앉아 우리 밀 어린 싹을
하염없이 바라다보았다
농업박물관에 전시된 우리 밀
우리 밀, 내가 지나온 시절
똥짐 지던 그 시절이
미래가 되고 말았다
우리 밀, 아 오래된 미래

나는 울었다

—『마음의 오지』, 문학동네 1999

이문재의 시집 『마음의 오지』에는 「농업박물관 소식」이라는
제목의 시가 다섯 편이나 실려 있습니다. 각기 다른 부제가 붙어
있고 소재도 다르지만, '농업'이라는 화두를 통해 현대 문명에

대한 비판적 사유를 보여 준다는 점에서 서로 연결되어 있다고 할 수 있습니다. 시인은 「농업박물관 소식」 연작을 쓰게 된 배경에 대해 『마음의 오지』에 실린 「미래와의 불화」에서 이렇게 말했습니다.

내 시의 최근은 농업이다. 이 난데없는 오래된 미래로서의 농업에 내 시는 도달하고자 한다. 돌아보면, 멀리 '옛집 지붕'에서 방랑과 그리움의 고장을 지나, 세속 도시의 한복판에서 어슬렁거리다가, 문득 '농업박물관'을 발견했다. 그때의 섬뜩함이라니. 나는 농업박물관 앞뜰에서, 이 문명의 가속도를 새삼 목격했다. 아찔했다. 아팠다. 그 가속도는 다름 아닌 내 몸과 마음 안에서 가열찼다. 불과 한 세대 사이에 농업이 박물관으로 들어가고 말았다. 나의 30여 년 삶이란 농업을 박물관에 처박는 과정에 다름 아니었다.

시 본문에 나와 있듯이, 시인이 다니던 직장 근처(광화문)에 농업박물관이 있었던 모양입니다. 평소에 무심히 지나치던 농업박물관 앞뜰을 어느 날 천천히 거닐다가 우리 밀 어린 싹을 보았겠지요. 농업이 과거의 유물처럼 박물관에 전시되어 있다니! 이 사실은 마치 농부였던 아버지가 박물관에 들어간 것처럼 충격적으로 받아들여졌습니다. 매일 세 끼 밥을 먹고 사는 우리에게 농업은 살아 있는 현재형이어야 마땅하지만, 문명에 의해 농업은 하루가 다르게 위축되어 갑니다.

이러한 문명의 속도에 대해 시인은 또 다른 속도로 맞섭니다. 『마음의 오지』에는 '고독한 산책자의 몽상'이라는 부제가 붙은 시도 여럿 있는데요. 시인은 고독한 산책자로서 문명의 속도를 거스르며 거리를 배회합니다. 바쁘게 돌아가는 문명의 컨베이어 벨트에서 빠져나와 아무것도 하지 않는 것. 그 '무위(無爲)'의 걸음을 통해 시인의 마음은 조금씩 고향집 '옛집 지붕'에 가까워져 갑니다. '옛집 지붕'처럼 자신이 태어나고 자란 근원이자 시가 궁극적으로 가 닿아야 할 정신을 시인은 '농업'이라고 부릅니다. 이 시에서 '농업'이란 일종의 은유인 셈이지요.

시의 첫머리에 언급된 권정생 선생님도 아주 훌륭한 농부이자 시대의 스승이셨습니다. "만일 지금 예수가 오신다면 십자가가 아니라 똥짐을 지실 것"이라는 구절은 권정생 산문집 『우리들의 하느님』에 들어 있는데요. 예수의 십자가에 비유될 만큼 농업은 삶의 근간이자 가장 위대한 희생의 자리라는 걸 권정생 선생님은 몸소 보여 주셨지요.

그런데 시인은 4연에서 "똥짐 지던 그 시절이 미래가 되고 말았다"고 말합니다. 더 이상 아무도 똥짐을 지려 하지 않는다는 뜻일 텐데, 왜 그것이 '과거'가 아니라 '미래'라고 했을까요? 근대의 직선적 시간관으로 보면, 과거는 현재나 미래와는 단절된 채 더 이상 돌이킬 수 없는 시간입니다. 하지만 순환적 시간관으로 보면, 미래란 지나간 시간들이 쌓여서 만들어지는 것입니다. 그렇다면 박물관에 전시된 우리 밀의 모습이 바로 우리 자신의 미래이기도 한 것이지요.

그래도 한 가지 의문이 남습니다. 미래는 아직 오지 않은 새로운 시간을 가리키는데, 왜 여기서는 '오래된 미래'라고 표현했을까요? 이 말은 스웨덴의 여성학자 헬레나 노르베리호지의 『오래된 미래』에서 따온 것이지요. 이 책에서 노르베리호지는 '작은 티벳'이라 불리는 라다크 공동체에서의 경험을 통해 라다크의 전통문화가 지닌 생태적 지혜를 들려줍니다.

히말라야 산그늘의 황무지에서 살아가는 라다크인의 대다수는 농부들입니다. 노르베리호지는 라다크에 정착하면서 그들이 척박한 환경에서도 왜 항상 미소를 띠고 있는지 궁금했습니다. 그녀는 16년 동안 라다크인의 가치관과 생태적 생활 방식을 접하면서 그 이유를 차차 이해하게 되었지요. 자연과 조화를 이루며 검소하게 사는 생활 방식, 타자를 배려하는 공동체적 정신이 넉넉하지는 않지만 고르게 행복할 수 있는 비결이었습니다. 라다크의 전통적인 삶이 현대 문명의 미래를 밝혀 줄 수 있다는 점에서 '오래된 미래'라고 불렀던 것이지요.

라다크와 마찬가지로 시의 영토 역시 현대 문명에 대한 '오래된 미래'라고 할 수 있습니다. 자연이나 문명에 관해 직접 시를 쓰지 않아도, 좋은 시와 시인은 늘 그 안에 '흙의 마음'을 품고 있으니까요. 그래서 이문재 시인은 이렇게 말합니다. "진정한 시인은 모두 심오한 생태학자인 것처럼, 진정한 시인은 모두 미래를 근심하는 존재다."(「미래와의 불화」)

달그락거리던 밥그릇

해당화   박형준

어머니는 겨울밤이면 무덤 같은
밥그릇을 아랫목에 파묻어 두었습니다
내 어린 발은
따뜻한 무덤을 향해
자꾸만 뻗어 나가곤 하였습니다
그러면 어머니는 배고픔보다 간절한 것이
기다림이라는 듯이
달그락달그락하는 밥그릇을

더 아랫목 깊숙이 파묻었습니다

밥그릇은 내 발이 자라나는 만큼
아랫목 깊숙한 곳으로 들어갔습니다
내 발이 아랫목까지 닿자
나는 밥그릇이 내 차지가 될 줄 알았습니다
쫓길 데가 없어진 밥그릇은
그런데 어느 날부터 보이지 않았습니다

봄이 되자 나는 밥그릇에 대한
미련이 사라졌습니다
설령 밥그릇이 있다 해도
발이 닿지 않아도 되었습니다
나는 이미 어른이 되어 있었습니다
밥그릇의 따뜻한 온기보다 더한
여름이 내 앞에 시작되고 있었습니다

하지만 세상은 쉽게 시골 소년에게 열리지 않았습니다
사나운 잠에 떠밀리다
문지방에 어른거리는 것이 있어

방문을 여니,
해당화꽃 그늘이었습니다
뿌리에서부터 막 밀고 나온 듯,
묵은 만큼 화사해진다는
처음 꽃 핀,
삼년생 해당화 붉은 꽃이었습니다

거기에 어느새 늙은 어머니가 계셨습니다
저녁 바람에 달그락거리는 밥그릇처럼
해당화꽃 그늘 속에 서 계신
어머니는 허리가 굽은 노인이 되어 있었습니다
그 모습이 꼭 가슴에서 무언가를 꺼내느라
열중하고 있는 것 같았습니다

사라졌던 밥그릇은 어머니의 가슴속에
묻혀 가고 있었던 것입니다
늙은 어머니의 손에서 떠난 그 작은 무덤들이
붉디붉은 꽃으로
환하게 피어나고 있었던 것입니다

　　　　　　　—『물속까지 잎사귀가 피어 있다』, 창작과비평사 2002

알을 낳기 위해 상류로 회귀하는 연어 떼처럼, 유년 시절의 기억을 향해 거슬러 올라가다 보면 몇 개의 원형적인 풍경과 만나게 됩니다. 유년 시절을 "존재의 우물"이라고 불렀던 바슐라르의 표현처럼, 유년의 기억은 퍼내도 퍼내도 마르지 않는 상상력의 샘입니다. 그 기억들은 행복하든 불행하든 어떤 온기나 물기를 지니고 있지요. 이 시에서 어머니가 겨울날 아랫목에 깊숙이 묻어 놓은 밥그릇처럼.

요즘엔 이런 정경을 좀처럼 보기 어렵지만, 군불을 지피거나 연탄을 때던 시절에는 아랫목에 늘 이불이 깔려 있었지요. 어머니는 그 이불 속에 늦게 올 식구를 위해 밥그릇을 한두 개 묻어 놓으셨고요. 이불을 잡아당기거나 발이 닿기라도 하면 달그락거리던 밥그릇. 그것을 시인은 "따뜻한 무덤"이라고 부르고 있군요. 둥근 밥그릇 모양이 무덤과 유사한 데서 나온 비유이겠지만, 여성적 상징인 둥근 젖가슴이나 자궁을 연상시키기도 합니다. 순환적인 세계관으로 보면 탄생의 모태는 죽음과 회귀의 공간이기도 합니다.

밥그릇을 향해 뻗어 가던 두 발처럼, 유년을 향한 시인의 몽상은 기억 속으로 계속 뻗어 갑니다. 아직 키가 크지 않아 밥그릇에 발이 닿지 않았던 때부터 아랫목 깊숙이 발이 닿을 때까지 성장은 계속되지요. 그런데 성장이 완료되는 순간 밥그릇은 더 이상 보이지 않게 되고, 밥그릇에 대한 미련 또한 사라지고 맙니다. 밥그릇에 대한 허기와 상상이 멈추는 순간 유년도 끝이 나지요. 이제 "밥그릇의 따뜻한 온기보다 더한/여름이 내 앞에 시작되고", 어른이 된 '나'에게 세상은 견디기 힘든 열기와 고통을 가져다줄 뿐입니다.

완강하게 닫힌 세상의 문밖에서 "사나운 잠에 떠밀리"던 '나'는 어느 날 "문지방에 어른거리는 것이 있어" 방문을 열었습니다. 바로 거기서 해당화꽃 그늘을 발견합니다. 실제로 마당에 꽃이 피어 있었던 것인지 환영인지는 모호하지만, 해당화가 지친 아들을 찾아와 준 어머니의 현신(顯身)이라는 것은 쉽게 알 수 있습니다. 늙은 어머니는 아랫목에 파묻어 두었던 밥그릇을 꺼내듯이 가슴에서 무언가를 꺼내느라 애를 씁니다. 어린 시절 밥그릇을 발견하게 한 것이 배고픔이었다면, 이제는 그리움이 '나'를 이끌어 유년이라는 기억의 아랫목으로 돌아가게 해 준 것이지요.

박형준의 많은 시들은 유년의 기억에 그 뿌리를 대고 있습니다. 그 중심에는 할머니, 어머니, 누이로 이어지는 모계적 혈통이 자리 잡고 있지요. 예를 들어 「나비」라는 시에서 "남묘호랑갱이요 남묘호랑갱이요"를 외우던 할머니의 죽음은 나비의 우화(羽化)로 그려지고, 「바닥에 어머니가 주무신다」에서 어머니는 "시골 밭 뒤 공동묘지 앞에 서 있는 아그배나무"에 비유됩니다. 자신을 다 내주고 빈 허물만 남게 된 모성적 존재들은 주술적 치유력을 발휘하며 누추한 현실을 비추는 한 줄기 빛이 되어 줍니다.

모두가 죽지 않는 유년의 왕국에서, 어느 날 갑자기 어른이 되어 죽은 사람들과 식탁에 둘러앉아 식사를 하는 풍경 속에서, 마치 오세기나 그 이전의 깊은 지층에서 살아나는 듯한 추억 때문에 숟가락을 놓쳐 본 적이 있는가.
나무 뒤에 숨어 바라보는 집과 집 뒤에 숨어 바라보는 나무는 늘 슬픔에 관해서 생각하게 만든다.

박형준 시인의 첫 시집 『나는 이제 소멸에 대해서 이야기하련다』 뒤표지 글의 일부인데요. 이 대목을 읽다 보니, "모두가 죽지 않는 유년의 왕국"이 그가 시를 계속 써 올 수 있었던 마음의 영토가 아니었을까 싶습니다. 그러나 그 유년의 왕국은 아름다운 동심의 세계가 아니라 일찍부터 죽음과 소멸을 향한 슬픔의 세계에 가깝습니다.
시인은 추억의 지층을 숨어서 바라보거나 되새김질하는 것만이 슬픔을 치유할 수 있는 길이라고 여기고 있는 듯합니다. 그래서 "기억이란 끔찍한 물질"(「묘비명」)이라고 말하면서도 유년의 기억을 통해서나마 "미성년으로 남고 싶다는 열망"(『빵 냄새를 풍기는 거울』 후기)을 보여 줍니다. 이렇게 박형준의 시는 유년의 원형적 기억을 질료로 삼아 그에 대한 끈질긴 되새김질 끝에 태어납니다.

「해당화」 역시 '밥그릇'과 '해당화'라는 다소 이질적인 이미지를 통해 유년의 기억과 현재의 삶을 결합한 작품이지요. 그러니 이 시를 읽을 때는 독자들도 자신의 유년을 향해 기억의 촉수를 한껏 뻗어 보는 게 좋겠습니다. 기억을 향해 거슬러 오르는 상상의 지느러미는 끊임없이 움직이기 때문에 하나의 이미지는 또 다른 이미지를 불러옵니다. 그 얼굴이 변형되거나 수시로 바뀌기도 하지요. 꿈과 기억 속에서는 이미지의 변용과 증식이 자유자재로 일어나니까요.

마음의 원초적 상태에서는 상상력과 기억이 분리할 수 없는 복합체로 나타난다. 지각에 결부시키면 분석이 잘 안 된다. 다시 기억한 과거는 단순한 지각의 과거가 아니다. 추억하기 때문에 몽상 속에서는 과거란 이미지의 가치로 지적된다. 상상력은 시초부터 그것이 다시 보길 바라는 화폭에 색칠을 한다. 기억의 저장소까지 가려면 사실을 넘어서서 가치를 재발견해야 한다. ──바슐라르 『몽상의 시학』

이 글에서 바슐라르는 몽상을 통해 이미지를 제대로 길어 올리기 위해서는 과거의 '사실'보다 '가치'를 발견하라고 충고합니다. 그래야만 자기만의 원형적인 이미지와 상징을 찾아낼 수 있습니다. 지금, 여러분의 기억의 뜰에 피어 있는 꽃, 또는 문지방 밖에서 울고 있는 짐승은 무엇인지요?

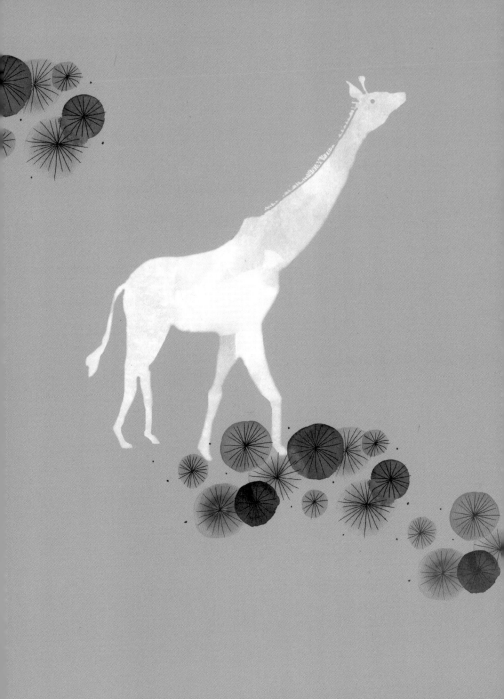

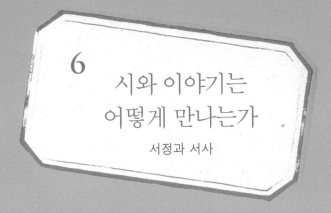

6

시와 이야기는
어떻게 만나는가

서정과 서사

6. 시와 이야기는 어떻게 만나는가

서정과 서사

서정시는 일반적으로 개인의 정서를 표현하는 장르로 인식되어 왔지요. 하지만 서정시 중에도 이야기를 전달하는 데 초점을 두고 서사적 요소를 극대화한 시들이 있습니다. 장르의 해체와 혼합이 활발해지면서 서술적 특성은 새로운 시적 가능성으로 받아들여지고 있기도 하지요. 최근의 시들에서 산문성이 두드러지는 현상에는 이야기의 도입도 적지 않게 작용하고 있는 듯합니다.

이야기를 다룬 시들을 '이야기시', '서술시', '서사시', '담시' 등의 명칭으로 부르기도 하는데요. 한국 시의 전통에는 서양의 장편 서사시(epic)나 담시(ballad)에 해당할 만한 작품이 별로 없어서 '서사시'나 '담시'라는 명칭은 적절치 않은 감이 있습니다. 1980년대에는 '이야기시(story poem)'라는 명칭이 널리 쓰였는데, 최근에는 그보다 '서술시(narrative poem)'라는 명칭이 통용되는 편입니다. '이야기시'가 이야기의 내용에 초점을 둔 용어라면, '서술시'는 이야기의 내용과 형식을 아우르는 용어이기 때문이지요. 여기에는 시를 서사적 텍스트로서 분석할 수 있다는 생각이 전제되어 있기도 합니다.

미국의 서사 이론가 채트먼은 서사적 텍스트를 이야기(story)와 담화(discourse)의 두 층위로 나누고, 언술 내용에 해당하는 '이야기'와 언술 행위에 해당하는 '담화'가 서로 밀접한 관계를 맺고 있다고 보았습니다. 서사적 텍스트에서는 '무엇을 말할 것인가' 못지않게 '어떻게 말할 것인가'도 중요하다는 것이지요. 따라서 서술시를 읽을 때에는 이야기의 내용만 파악할 것이 아니라 그 이야기를 시로 만드는 독특한 담화 방식이나 문체에도 주목해야 합니다.

예를 들어, 서정주의 『질마재 신화』는 시집 전체가 '질마재'로 대변되는 고향의 설화와 속신(俗信) 등을 시적인 형식으로 재구성한 작품들로 이루어져 있습니다. 시인이 고향의 설화를 집중적으로 탐구하고 시로 형상화한 것은 1970년대 산업화가 본격화되면서 파괴되어 가는 고향의 공동체를 언어로나마 복원하려는 생각에서였을 것입니다. 이를 위해 시인은 '서정적 화자'에서 벗어나 '이야기꾼'을 자청합니다. 다음 시의 모든 문장이 '-습니다'로 끝나는 것은 이야기꾼이 누군가에게 이야기를 들려주는 발화 방식이라고 할 수 있지요.

신부(新婦)는 초록 저고리 다홍치마로 겨우 귀밑머리만 풀리운 채 신랑(新郎)하고 첫날밤을 아직 앉아 있었는데, 신랑(新郎)이 그만 오줌이 급해져서 냉큼 일어나 달려가는 바람에 옷자락이 문 돌쩌귀에 걸렸습니다. 그것을 신랑(新郎)은 생각이 또 급해서 제 신부(新婦)가 음탕해서 그새를 못 참아서 뒤에서 손으로 잡아다리는 거라고, 그렇게만 알곤 뒤도 안 돌아보고 나가 버렸습니다. 문 돌쩌귀에 걸린 옷자락이 찢어진 채로 오줌 누곤 못 쓰겠다며 달아나 버렸습니다.

그러고 나서 사십 년(四十年)인가 오십 년(五十年)이 지나간 뒤에 뜻밖에 딴 볼일이 생겨 이 신부(新婦)네 집 옆을 지나가다가 그래도 잠시 궁금해서 신부(新婦)방 문을 열고 들여다보니 신부(新婦)는 귀밑머리만 풀린 첫날밤 모양 그대로 초록 저고리 다홍치마로 아직도 고스란히 앉아 있었습니다. 안스러운 생각이 들어 그 어깨를 가서 어루만지니 그때서야 매운재가 되어 폭삭 내려앉아 버렸습니다. 초록 재와 다홍 재로 내려앉

197

아 버렸습니다.

──서정주 「신부(新婦)」 전문

시에 이야기를 끌어들인 동기에 대해 서정주 시인은 한 대담에서 다음과 같이 설명했습니다. "그게 말하자면 액션이거든. 액션이란 말씀야. 액션이 없으니까 독자들이 떠나가는 것 같아요. 그러니까 시에도 액션을 넣었지. 소설처럼 말이오." 이 말처럼 독자의 흥미를 유발하기 위해 액션(이야기)을 넣었겠지만, 그는 이야기의 도입이 시의 형식이나 문체에 일으키는 변화에도 무감하지 않았던 듯합니다. 위의 시만 보아도 전반부와 후반부 사이의 과감한 생략은 독자들의 상상력을 가동하게 하고, 전반부의 '초록 저고리'와 '다홍치마'는 후반부에서 '초록 재'와 '다홍 재'로 변용되고 있지요. 이러한 서사적 비약과 이미지의 상징성이 이 작품을 산문이 아닌 시로 만들어 주는 요소들입니다.

서정주의 질마재 시편과 달리 이야기의 뼈대만 주어지고 구체적인 내용이 거의 드러나지 않는 서술시도 있습니다. 이런 경우는 시에 주어진 단서와 암시만으로 이야기의 내용을 독자 스스로 재구성해야 하지요. 백석의 「여승」은 한 여승과의 만남을 들려주면서 그녀의 삶을 간결하게 갈무리하고 있습니다. 여인의 삶은 특수한 개인이 아니라 식민지 시대의 유랑과 이민, 가족 공동체의 파괴 등의 아픈 현실을 환기하기도 합니다.

여승(女僧)은 합장(合掌)하고 절을 했다
가지취의 내음새가 났다
쓸쓸한 낯이 넷날같이 늙었다
나는 불경(佛經)처럼 서러워졌다

평안도(平安道)의 어늬 산(山) 깊은 금덤판
나는 파리한 여인(女人)에게서 옥수수를 샀다
여인(女人)은 나어린 딸아이를 따리며 가을밤같이 차게 울
었다

섶벌같이 나아간 지아비 기다려 십 년(十年)이 갔다
지아비는 돌아오지 않고
어린 딸은 도라지꽃이 좋아 돌무덤으로 갔다

산(山)꿩도 설게 울은 슬픈 날이 있었다
산(山)절의 마당귀에 연인(女人)의 머리오리가 눈물방울과
같이 떨어진 날이 있었다

　　　　　　　　　　　　　　　— 백석 「여승(女僧)」 전문

199

1연에서 '나'는 합장하는 여승을 보며 그녀와의 첫 만남을 떠올립니다. 그 뒷부분은 회상과 상상으로 여인의 기구한 일대기가 그려지지요. 2연은 그 여인에게서 옥수수를 사던 날의 장면, 3연은 돌아오지 않는 지아비와 세상을 떠난 딸아이, 4연은 여승이 되기 위해 머리를 자르는 장면으로 구성되어 있습니다.

여기서 '나'는 이야기의 전달자인 동시에 서정적 자아로 남아 있습니다. "나는 불경(佛經)처럼 서러워졌다" 외에 화자의 감정이 직접 드러나는 대목은 없지만, 여승에 대한 잔잔한 슬픔은 시 전체에서 감지됩니다. 또한 '불경처럼', '가을밤같이', '섶벌같이' 등의 직유와 감각적 이미지는 여인의 생애에 대한 연민과 서정적 동화를 불러일으킵니다. 이처럼 리듬, 비유, 이미지 등 시적인 압축미를 유지하면서 이야기를 개진하는 시들도 서술시에 포함시킬 수 있습니다.

다음 시는 사건에 대한 서술과 묘사를 통해 이야기의 구체성을 극대화한 경우입니다. 제목부터가 「닭 이야기」로 '이야기'라는 말을 전면에 내세우고 있는데요. 산문시 형식을 취하면서 구두점 없이 문장들을 연결함으로써 줄글에 가깝게 여겨지기도 합니다. 하지만 구어체의 실감과 해학적 표현을 위해서는 그러한 문체와 호흡이 더 효과적이라는 생각이 듭니다.

울 아부지 없는 살림 경영하시느라 늘 스님들 공양 드셨는데요(요즘 말로 하자면 타잔이 정글에서 먹는 거와 비슷한) 무슨 바람이 불었나 어머이 몸 보하신다고 집에서 기르던 씨암탉, 눈 질끈 감고 그만 열반에 들게 하셨는데요 그 시절 귀한 인삼도 한 뿌리, 대추와 마늘과 찹쌀을 넣고 폭 고아서 말이죠 우선 기름 동동 뜨는 국물에 밥 말아 아 어여 먹어 내 걱정일랑 붙들어두고 슬며시 뒷짐지고 외양간 가는 척 넘어가는 산그리메 바라보시고 혹 손님 탈까 큰 돌 하나 묵지근하게 솥뚜껑에 올려놓고 짧은 여름밤 가을 농사 걱정이 많으셨대요 감나무 몇 그루로 경계 삼아 대문 없는 집 가축과 벌레와 함께 초저녁 잠 달게 주무시고 자리끼 찾아 막 일어서는데 어허 이 이 놈의 손…… 솥뚜껑 여는 소리가…… 살며시 문 열고 지겟작대기 꼬나잡은 아부지 손목 바람맞은 쨰보아재처럼 마구 떨리는데, 장골에 담력 크기로 소문난, 궂은 산판일 상머슴들도 못 진 재목 다 져 나르셨다는 아부지, 험한 세상 만나 보국대로 두 번이나 왜놈들에게 끌려가 막장에서 삶과 죽음을 몇 번씩 건너갔다 온 울 아부지, 아주 짧고 둔중한 비명소리 크어억! 잠결에 속적삼 바람으로 먼저 달려 나간 건 우리 어머이, 한번 잠에 빠지면 구신이 떠메가도 모르는 아들녀석은 눈곱도 못 떼고 어

리둥절하는데 손은 손인디 두 발 달린 손님이여 내 간 떨어진
거 정지에서 주워 왔는가 자네 날 밝으면 국 한 사발 넉넉하게
말아 옆집 공님이엄마 갖다 주소 지금 한참 돌이라도 삼키고
싶을 때 아닌가 차암 이번에는 아들이어야 최 주사도 손을 이
을 텐데 흠흠 또 풍년초를 두툼하게 말아 구수하게 내뿜으셨
어요

— 유용주 「닭 이야기」 전문

유용주 시인은 농촌 공동체의 경험과 정서를 걸죽한 입담으로
전달해 주는 이야기꾼입니다. 씨암탉에 얽힌 상황을 해학적으로
그린 이 시는 어려운 살림에 아버지가 어머니를 위해 큰맘 먹고
씨암탉을 고아 먹이는 장면부터 닭 국물을 훔치러 온 밤손님에
온 식구가 놀라 일어나는 장면, 밤손님이 누군지 알아차리고 옆
집에 국 한 사발 말아서 갖다 주라는 아버지의 모습까지 그 표정
이나 말투가 아주 실감 납니다.

이 상황과 함께 자연스럽게 전달되는 것은 씨암탉 한 마리도
큰맘 먹어야 잡을 수 있고, 옆집 닭 고는 냄새에 임신한 아내를
위해 그 국물을 훔치러 올 만큼 궁핍한 농민들의 삶입니다. 그러
나 가난 속에서도 인심을 잃지 않고 서로를 배려하는 모습 또한
찾아볼 수 있습니다.

사건의 관찰자이자 화자인 '나'는 구어체와 직접 화법, 사투리 등을 맛깔스럽게 구사하는데요. '아부지', '어무이', '산그리메', '구신', '정지' 등의 사투리가 정겨움을 더해 주고, 아버지의 대사가 직접 화법으로 인용되는 것도 이야기에 생동감을 부여해 줍니다. 아버지의 해학적 모습에서 역사적 수난을 겪으면서도 꺾이지 않는 민중의 건강한 생명력이 느껴집니다.

　지금까지 살펴본 것처럼 시에 끌어들일 수 있는 이야기의 원천은 아주 다양합니다. 신화, 설화, 속신, 동화, 역사뿐 아니라 일상에서 듣거나 겪은 이야기들도 모두 시의 소재가 될 수 있지요. 스토리의 전개에 초점을 둘 수도 있고, 전형적인 인물의 창조에 초점을 둘 수도 있습니다. 액션을 강조하든 인물을 강조하든 중요한 것은 원래의 이야기를 전달하는 과정에서 일어나는 시적 변용입니다. 그런 점에서 서술시를 읽는다는 것은 시가 일종의 담화라는 전제를 받아들이고, 담화 내용과 담화 행위 사이의 상관관계를 면밀하게 살피는 일입니다.

처용이 오래 살아남은 이유

노래와 이야기 최두석

노래는 심장에, 이야기는 뇌수에 박힌다
처용이 밤늦게 돌아와, 노래로써
아내를 범한 귀신을 꿇어 엎드리게 했다지만
막상 목청을 떼어 내고 남은 가사는
베개에 떨어뜨린 머리카락 하나 건드리지 못한다
하지만 처용의 이야기는 살아남아
새로운 노래와 풍속을 짓고 유전해 가리라
정간보가 오선지로 바뀌고

이제 아무도 시집에 악보를 그리지 않는다
노래하고 싶은 시인은 말 속에
은밀히 심장의 박동을 골라 넣는다
그러나 내 격정의 상처는 노래에 쉬이 덧나
다스리는 처방은 이야기일 뿐
이야기로 하필 시를 쓰며
뇌수와 심장이 가장 긴밀히 결합되길 바란다.

—『대꽃』, 문학과지성사 1984

시는 다양한 사물을 대상으로 삼지만, 때로 시는 시 자체에 대해 말하기도 합니다. 그것을 메타시(metapoem)라고 부르지요. 「노래와 이야기」는 최두석 시인의 핵심적인 시론을 담고 있다는 점에서 일종의 메타시라고 할 수 있습니다. 시인은 이 시에서 노래와 이야기의 관계를 말하면서, 자신이 "이야기로 하필 시를 쓰"는 이유를 밝히고 있습니다. "내 격정의 상처는 노래에 쉬이 덧나/다스리는 처방은 이야기일 뿐"에 나타나 있듯이, 시인은 서정시가 빠지기 쉬운 주관성이나 감상성을 극복하기 위해 이야기에 관심을 갖게 되었다는 것이죠.

실제로 최두석 시인은 1980년대부터 '이야기시'라는 양식에 주목하고 그에 관한 이론적인 작업과 창작을 병행해 왔습니다. 그래서 그의 시들 중에는 설화를 차용해 새롭게 해석하거나 재구성한 작품이 적지 않습니다. 「여우고개」, 「우렁색시」, 「전우치의 황금대들보」, 「동해 이심이」 등은 제목만 보아도 어떤 이야기들을 다룬 시들인지 짐작할 수 있습니다. 어린 시절 할아버지 할머니한테 듣고 자란 옛날이야기들에 현대적 해석이나 자신의 경험을 결합한 시들이지요.

그런데 서사성의 탐구는 전통적 서정시의 기준에서 보면 얼핏 시적인 일탈이나 이완으로 여겨질 수도 있습니다. 시는 서정 장르의 본령이고, 이야기는 소설을 비롯한 서사 장르의 전유물로 생각하는 사람도 적지 않으니까요. 하지만 새로운 시는 운문성과 산문성 사이에서 적절한 긴장을 유지하면서 미적 영역을 넓혀 갑니다. 따라서 노래와 이야기를 배타적으로 볼 것만은 아닙니다.

고대 가요의 경우를 생각해 보세요. 노래와 이야기는 원래 하나였잖아요? 이 시에 예로 든 신라 향가 「처용가」는 역신(疫神)이 자신의 아내를 범한 것을 너그럽게 용서해 주며 처용이 부른 노래로 알려져 있지요. 이 노래는 처용 설화에 기반을 두고 있고, 처용의 이야기는 그 후에도 고려 가요뿐 아니라 현대의 많은 작품에도 적지 않은 영향을 끼쳤습니다. 처용 설화는 김춘수의 시

「처용 단장」, 신석초의 시 「처용은 말한다」, 김소진의 소설 「처용 단장」, 이윤택의 희곡 「사랑의 방식」 등 다양한 장르와 작품으로 변용되어 왔습니다.

처용의 존재가 그렇게 오래 살아남을 수 있었던 것은 향가 자체보다 이야기의 생명력에 있다고 이 시는 말하고 있습니다. "막상 목청을 떼어 내고 남은 가사는/베개에 떨어뜨린 머리카락 하나 건드리지 못한다"는 구절은 시(가사)가 음악과 분리되는 순간 힘을 잃어버린다는 의미지요. 하지만 이야기는 "새로운 노래와 풍속을 짓고 유전해 가리라"는 게 시인의 생각입니다.

제삿날 같은 때 모여 앉은 이들의 온갖 이야기가 구연되는 공간은 내 문학적 원체험의 공간이기도 하다. 시청각 매체가 생활의 세부에 파고든 오늘날 구비 문학의 원형적 현장은 거의 사라졌다고 봐야 할 것이다. 하지만 찻잔이나 술잔을 마주하고 이야기를 나누는 자리는 인류사와 함께 지속될 것이다. 문학에서 입말의 중요성은 아무도 부인할 수 없을 터이요 입말이 생생하게 살아 있는 공간이 이야기판이라 하겠다. 아무튼 나는 유년 시절에 이야기판을 체험하였고 이러한 체험은 내 시로 하여금 이야기 지향을 보이게 작용하였다.

최두석 시인은 「민족문학에 대하여」라는 글에서 자신의 이야기 지향이 어린 시절 체험한 이야기판에서 유래했다고 밝히고 있습니다. 그리고 설화에서 단순히 소재만 빌려 오는 게 아니라 이야기의 입말이 살아 숨 쉬던 공간의 원형적 느낌을 시적인 언어나 형식으로 되살려 내야 한다고 강조합니다. 이야기의 주인공을 화자 또는 청자로 삼는다거나 구수한 사투리와 입담을 살려 내는 방식으로 말이지요. 그래야 이야기의 생동감과 시적 긴장미를 동시에 살릴 수 있으니까요.

시인은 설화뿐 아니라 현대사의 중요한 사건이나 지역에 대한 답사와 취재를 통해 다양한 인물시를 쓰기도 했습니다. 고향 사람들의 삶을 비롯해 광주 항쟁이나 분단 문제 등을 둘러싼 이야기의 탐구가 결국 살아 있는 민족 현실과 민중의 전형을 창조하는 일이라고 생각했기 때문이지요. 그에게 '이야기시'는 1980년대의 현실을 객관적으로 보여 주고 역사적 전망을 제시하기에 가장 적합한 양식이었습니다.

하지만 시의 경향이나 관심사도 시대의 흐름에 따라 변화를 겪기 마련입니다. 1990년대 이후 서사시적 주제 대신 개인의 내면이나 일상이 부각되기 시작한 것도 그런 변화라고 할 수 있습니다. 사회적 주제를 다룬다고 해도 분단이나 이념의 문제보다는 자본주의나 생태 문제 등에 대한 관심이 높아졌지요. 최두석 시인의 경우에도 후기로 갈수록 생태적 관심이 두드러지고, 인간보다는 꽃, 나무, 새, 곤충 등 자연을 노래한 시들이 많아집니다. 자연히 이야기시의 비중은 줄어들었지요.

시인의 이런 변화를 염두에 두면서 마지막 행을 읽어 보세요. "뇌수와 심장이 가장 긴밀히 결합되길 바란다"는 것은 바로 노래와 이야기의 균형 있는 결합을 지향한 표현이지요. 여기서 '심장'이 감정을, '뇌수'가 이성을 대변한다는 것은 쉽게 짐작할 수 있습니다. 이 비유에 기대어 말하자면, 최두석 시인의 초기 시가 이야기를 중심으로 한 뇌수의 산물이고, 후기 시가 노래를 중심으로 한 심장의 산물이라고도 할 수 있겠지요. 그러나 어느 경우에도 시인은 노래와 이야기 사이의 긴장을 놓치지 않으려고 노력합니다. 좋은 시는 심장과 뇌수가 만날 때 태어나기 때문이지요.

기린은 왜 족장이 되었을까

기린 송찬호

길고 높다란 기린의 머리 위에 그 옛날 산상 호수의 흔적이 있다 그때 누가 그 목마른 바가지를 거기다 올려놓았을까 그때 그 설교 시대에 조개들은 어떻게 그 호수에 다다를 수 있었을까

별을 헤는 밤, 한때 우리는 저 기린의 긴 목을 별을 따는 장대로 사용하였다 기린의 머리에 긁힌 별들이 아아아아— 노래하며 유성처럼 흘러가던 시절이 있었다

어렸을 적 웃자람을 막기 위해 어른들이 해바라기 머리 위에 무거운 돌을 올려놓을 때, 나는 그걸 내리기 위해 해바라기 대궁을 오르다 몇 번씩 떨어졌느니, 가파른 기린의 등에 매달려 진드기를 잡아먹고 사는 아프리카 노랑부리 할미새의 비애를 이제야 알겠으니,

　언제 한번 궤도 열차 타고 아득히 기린의 목을 올라 고원을 걸어 보았으면, 멀리 야구장에서 홈런볼이 날아오면 그걸 주워다 아이에게 갖다 주었으면, 걷고 걷다가 기린의 뿔을 닮은 하늘나리 한 가지 꺾어 올 수 있었으면

　기린이 내게 다가와, 언제 동물원이 쉬는 날 야외로 나가 풀밭의 식사를 하자 한다 하지만 오늘은 머리에 고깔모자 쓰고 주렁주렁 목에 풍선 달고 어린이날 재롱 잔치에 정신없이 바쁘단다 아이들 부르는 소리에 다시 경중경중 뛰어가는 저 우스꽝스런 기린의 모습을 보아라 최후의 시(詩)의 족장을 보아라
　　　　　　　　　　　　　　　　—『고양이가 돌아오는 저녁』, 문학과지성사 2009

백일홍, 채송화, 민들레, 칸나, 맨드라미, 찔레꽃, 패랭이꽃, 유

채꽃, 복사꽃, 살구꽃, 나팔꽃, 오동나무, 벚나무, 나비, 종달새, 고양이, 염소, 고래, 당나귀, 코끼리, 늑대, 기린, 산토끼…… 송찬호의 시집 『고양이가 돌아오는 저녁』에 호명된 식물들과 동물들의 이름입니다. 그가 상상력과 언어로 창조해 낸 '시의 천축국'에 사는 주민들이지요. 그 나라는 아주 멀기도 하고 아주 가깝기도 합니다. "이 책은 소인국 이야기이다// 이 책을 읽을 땐 쪼그려 앉아야 한다"(「채송화」)고 시인이 귀띔했듯이, 눈높이를 낮추면 금방이라도 만날 수 있는 세계이면서 이 지상에서는 영영 사라져 버린 세계이기도 하지요.

기린은 천축국에서도 유난히 목이 길고 온순한 주민입니다. 기린의 머리 위에는 "그 옛날 산상 호수의 흔적"이 남아 있고, 기린의 긴 목은 "별을 따는 장대"로 사용되었죠. 그리고 기린의 등에는 "진드기를 잡아먹고 사는 아프리카 노랑부리 할미새"가 매달려 살았다고 합니다. 이 시의 1, 2, 3연에서 기린이 머나먼 '설교 시대'에 살았던 신화적 존재에 가깝다면, 4, 5연에서는 기린이 일상 속으로 들어와 어린아이들의 친구가 됩니다. 마지막 연에서 "머리에 고깔모자 쓰고 주렁주렁 목에 풍선 달고 어린이날 재롱 잔치에 정신없이 바쁘"게 뛰어다니고 있는 기린을 보세요. 그를 시인은 "최후의 시(詩)의 족장"이라고 부릅니다.

그런데 기린이 시의 천축국의 족장이 될 수 있는 이유는 무엇일까요. 그 대답은 이전의 시집 『붉은 눈, 동백』에 나오는 「金사슴」이라는 시를 통해 유추해 볼 수 있습니다.

어쩔 수 없이 그 타고난 이상으로 하여
최초로 머리에 뿔이 있었던 사람
사슴의 신분으로 태어나
사자의 학교를 다니고
평생을 가둔 우리와 싸운 사람
그 유별난 이름으로 김사슴이 아닌
화려한 금사슴으로 종종 오인되곤 하던 사람
결국 그 뿔의 영광으로 하여
사냥꾼들의 표적이 되었던 사람
(중략)
어느 가을날 문간에 앉아
그리운 사람의 편지를 읽다
추적자들의 납탄알을 맞고
쓰러져 간 비운의 운명, 金사슴

—「金사슴」 부분

사슴을 의인화한 이 시도 「기린」과 마찬가지로 폭력적인 현대 문명에 희생될 수밖에 없는 시인의 운명을 암시하고 있습니다. 기린이 긴 목을 지닌 것과 사슴이 뿔을 지닌 것은 모두 그 타고난 이상이 높았기 때문이지요. 그런 점에서 사슴이나 기린은 미학적 이상주의를 꿈꾸는 시인의 표상이자 분신이라고 할 수 있습니다.

그런가 하면 「산경(山經)을 비추어 말하다」에서는 시인이 '거북이 아저씨'로 등장하기도 합니다. "등에 거울을 지고 다니는 사람", "자신의 등을 구워 문자를 만드는 사람", 그런 거울 백 개에 "산경을 두루 비출 수 있"는 사람이 바로 시인이지요. 시의 천축국은 그 등의 거울에 비친 세계입니다.

송찬호 시인은 『붉은 눈, 동백』 뒤표지 글에서 자신의 시적 편력에 대해 "오래도록 책들이 썩지 않고 노래가 죽지 않는, 시의 천축국에 가 닿을 수 있지 않을까 하는 열망"때문이라고 말한 바 있습니다. 그 시집에서 '동백' 시편이나 '산경' 시편들을 통해 그려진 시의 천축국은 동양적 선계(仙界)에 가까워 보입니다. 신화적인 분위기를 풍기던 그 수묵화의 세계는 『고양이가 돌아오는 저녁』에 이르러 동화적인 상상력과 서사적 요소가 두드러지면서 적지 않은 변화를 보여 주게 됩니다.

『고양이가 돌아오는 저녁』에 구현된 동화의 세계는 얼핏 핍진한 현실을 벗어나 자족적인 자연 친화에 머무르는 듯한 인상을 주기도 합니다. 하지만 눈높이를 낮추고 그가 들려주는 '소인국 이야기'에 귀를 기울이다 보면, 그가 '죽은 정원'과도 같은 현실을 향해 힘겹게 씨눈을 틔우고 있음을 알 수 있습니다. 이 시집에서 호명된 수많은 식물들과 동물들의 이름은 "꽃 피고 새 우는 상자"(「겨울」) 속에서 봄을 기다리고 있지요. 시를 쓴다는 것은 그 존재들로 하여금 꽃을 피우고 울게 하는 일입니다. "아이들은 이제 눈트는 씨앗의 입구에 몰려가 있어요". 동화적 상상력은 그 생명의 눈을 틔우는 입김 같은 것이지요.

송찬호 시인은 자연을 노래하는 일의 어려움에 대해 이렇게 말했습니다. "쑥부쟁이에 적당히 삶을 위무하고 세상을 다독이는 말을 얹어 시는 무난하게 나왔지만 거기에는 새로움이 없었다."(『고양이가 돌아오는 저녁』 뒤표지 글) 이 고백처럼 그는 자연을 새롭게 노래하는 방식을 발견하기 위해 부단히 노력해 온 듯합니다. 동물도 식물도 사람도 아닌 어떤 존재이면서 그 모든 존재를 두루 포용하는 구체적 형상들은 그 노력의 산물이라고 할 수 있어요. 그가 일구어 놓은 '시의 천축국'에서는 '최후의 시의 족장'인 기린과 아이들이 지금도 축제의 시간을 살고 있을 것입니다.

술주정뱅이의 유머

The Humor of Exclusion 심보선

교토의 여관에서 나는
제임스 조이스의 후손을 만났네
내가 시를 쓴다고 하자 그는 물었네
오늘 교토의 낯선 아침이 그대에게 영감을 주었는가?
그대가 여기서 말도 안 통하고 매 순간 배제되고
나는 배제되었어요, 라는 말조차 하지 못할 때
그대는 여전히 유머 감각을 유지할 수 있었는가?
바로 나처럼 말이지, 하하!

사실 Mr. Joyce는 술주정뱅이였던 거라네
교토에 술 마시러 왔나 싶을 정도로
나만 보면 술이나 같이 마시자고
모든 작가는 애주가고
모든 위대한 작가는 알코올 중독자라고
내가 마감을 핑계 대면
Fuck deadline! Come on! Let's have a drink!

사실 Mr. Joyce는 심심했던 거라네
같이 담배나 말아 피우면서
자신이 얼마나 옆방의 시끄러운 프랑스인들을 혐오하는지
자신이 얼마나 옆 나라의 거만한 영국인들을 증오하는지
내게 토로하고 싶었던 거라네
알기나 해? 조이스의 언어는
영국 놈들의 말에 저항하기 위해 고안됐던 거라고
의식의 흐름이라고? Bullshit!

사실 Mr. Joyce는 허풍선이었던 거라네
이 세상의 조이스들은 다 친척이라 떠벌이며

그는 제임스 조이스의 시구를 읊어 댔네
그는 심지어 자기가 썼다는 시도 읊어 댔네
이 구절이 특히 아름답지
잘 들어 보라고
이 기막힌 운율에 귀 기울여 보라고
Irish 어쩌고저쩌고……
나는 하나도 못 알아먹었네

사실 Mr. Joyce는 외로웠던 거라네
그는 내게 속삭이듯 말했네
The Humor of Exclusion
다음에 쓸 자네의 시 제목이라네
이 제목으로 맘대로 쓰시게
내가 줬다고 밝힐 필요도 없다네
이건 내가 자네에게 주는 특별한 선물이니까
Mr. Joyce는 내게 찡긋 윙크를 던졌네

사실 Mr. Joyce는 슬펐던 거라네
그는 사뭇 진지한 어투로 말했네
모든 죽은 아이리쉬는 두 개의 관이 필요하다네

하나는 육신을 담고
다른 하나는 눈물을 담을
하지만 제기랄,
둘 중 하나는 꼭 너무 일찍 채워지지!

사실 Mr. Joyce는 다만 분노를 가눌 길 없었던 거라네
밤마다 자전거 타고 술 마시러 나간 Mr. Joyce가
돌아올 때는 소리만 듣고도 알 수 있었네
골목 어귀부터 들려오는
Fuck! Fuck! Fuck!

누구나 알아듣는 그 말
그건 우리의 Mr. Joyce가 눈앞에 늘어선
어둠의 모가지들을 하나하나 분지르며
위풍당당 귀환하는 소리라네
—『눈앞에 없는 사람』, 문학과지성사 2011

심보선의 「The Humor of Exclusion」은 이야기를 다룬 시이기는
하지만, 신화나 역사를 소재로 한 것이 아니라 시인이 경험한 일

상적 사건을 들려줍니다. 평범할 수도 있는 만남이나 대화가 독특한 담화 방식에 힘입어 재미있게 읽히는데요. 시적 상황은 단순합니다. 한국에서 온 시인 '나'와 아일랜드에서 온 'Mr. Joyce'가 교토의 한 여관에서 우연히 만나 주고받는 이야기입니다. 인과적 서사보다는 해석적 서사에 가깝지요. 그러니 스토리의 전개보다는 두 사람의 대화의 내용에 초점을 두고 읽으면 됩니다.

우선 제목이 영어로 되어 있는 것이 특이한데, 시를 읽어 가다 보면 왜 이런 제목을 붙였는지 이해하게 됩니다. 'The Humor of Exclusion'은 "다음에 쓸 자네의 시 제목"이자 "자네에게 주는 특별한 선물"이기 때문이지요. '배제의 유머' 정도로 번역할 수 있을 이 제목에는, 말도 안 통하는 낯선 도시에서 두 사람이 배제된 자로서 공유하게 된 생각이 포함되어 있습니다. 그럴 때조차 "여전히 유머 감각을 유지할 수 있었는가?"라고 '그'는 묻습니다. 유머야말로 무거운 현실을 환기하는 가장 유쾌한 방식이고, 약한 자가 강한 자에게 행할 수 있는 유일한 복수라는 것을 '그'는 알고 있는 것이지요.

시집 발문(진은영)을 보니 Mr. Joyce는 아일랜드에서 온 철강 노동자라고 하는군요. 그러나 실제로 그가 제임스 조이스의 후손인지, 무슨 직업을 가졌는지는 그리 중요하지 않습니다. 중요한 전언은 그가 툭툭 던지듯이 내뱉는 말이나 과장과 위악으로 가득 찬 행동 속에 숨겨 있지요. "조이스의 언어는/영국 놈들의 말에 저항하기 위해 고안됐던 거"라는 말이나 "모든 죽은 아이리쉬는 두 개의 관이 필요하다"는 말에서 우리는 아일랜드의 배제된 역사를 떠올리게 됩니다. 시인인 '나'와 아일랜드인인 '그'는 세상에서 배제된 소수자이기는 마찬가지이고, 이것이 두 사람의 우정을 가능케 합니다.

1연에서 기본적인 상황을 제시하고 나서, 2연부터 7연까지는 동일한 형식으로 Mr. Joyce에 대한 화자의 서술과 해석이 이어집니다. 이 여섯 연 모두가 "사실 Mr. Joyce는 -였던 거라네"라는 문장으로 시작되는데요. '사실'이라는 부사어는 일반적으로 앞의 내용을 뒤집고 새로운 내용을 제시할 때 쓰이지요. 이 부사어 덕분에 독자는 연마다 주의를 환기하면서 긴장감을 갖게 됩니다. 그와 동시에 이 부사어는 진실을 끝없이 유보하게 만드는 역할을 합니다. 그러는 동안 독자는 서로 모순된 것처럼 보이는 '그'의 태도가 실은 그 모든 동기가 결합되어 나타난 것임을 이해하게 되지요. 서사적 사건은 별로 없지만 끊임없이 새로운 서사적 상황이 펼쳐지는 것처럼 느껴지는 것은 이러한 화법과 언술 구조 덕분이지요.

'나'는 '그'의 행동에 대해 술주정뱅이여서, 심심해서, 허풍선이어서, 외로워서, 슬퍼서, 분노를 가눌 길 없어서 등으로 설명합니다. 어쩌면 이 모든 동기와 감정들이 '그'에게서 읽히기도 합니다. '그'의 행동은 영웅과 건달의 이미지를 동시에 느끼게 하고, '그'의 대사는 문학적이지만 때로는 문학적 통념을 조롱하기도 합니다. 사람의 영혼이란 쉽게 단정할 수 있는 게 아니라 이것인 동시에 저것이기도 하니까요.

심보선 시인의 시에는 Mr. Joyce 외에도 세계와 불화를 겪는 타자들이 자주 등장합니다. 시인은 다정한 목소리로 그들을 호명하고, 그들의 목소리에 귀를 기울이며, 재기발랄한 언어로 그들과 대화를 나눕니다. 그에게 시를 쓰는 일이란 "타인과 맺는 비밀의 나눔"처럼 보입니다. "나는 시 쓰기가 사랑의 행위와 유사하다고, 아니 동일하다고 본다"(산문 「행복하도다, 나의 말이 아닌 말이여, 나의 손이 아닌 손이여」)는 시인의 말처럼, 그것은 자신이 아닌 존재들을 향한 사랑의 행위라고도 말할 수 있겠습니다. 그가 마련한 공동체적 공간 속에서 배제된 자들은 더 이상 배제된 존재가 아닙니다.

그곳에서는 모든 것이 손안의 친근한 도구로서가 아니라 새로운 유쾌함과 명랑함을 유발하는 낯선 것의 쓰임을 가지고 등장한다. 쓰임이라는 말에 지나친 거부감을 가질 필요는 없다. 낯선 필요 혹은 엉뚱한 필요를 발명해 내는 것이 시인일 테니까. 그의 신비한 놀이터에는 외국인 같은 아버지, 조이스의 후손을 자처하는 술주정뱅이(시인에 따르면 여행 중 교토에서 만난 Mr. Joyce는 아일랜드의 철강 노동자란다) 같이 엉뚱한 존재들이 어슬렁거린다. 집 안에 존재하는 모든 사물들의 용도를 적확하게 지정해야 할 최고 주권자인 아버지조차 여행자이며 어린아이다.

진은영 시인이 시집 『눈앞에 없는 사람』 발문에서 지적했듯이, 그가 마련한 놀이터에는 술주정뱅이를 비롯해서 엉뚱한 존재들이 어슬렁거립니다. 모두 세상에서 배제된 자들이지만, 그들은 유머의 위력을 알고 있지요. 여러분이 "자신을 잃어버리는 신비하고 서정적인 놀이터"에 도착하는 것은 그리 어렵지 않습니다. "새로운 유쾌함과 명랑함을 유발하는 낯선 것"으로서 타인의 손을 가볍게 잡기만 하면 됩니다. Mr. Joyce가 말한 '배제의 유머'도 바로 그런 게 아닐까요?